Luzia Erbrugge

Zuckerguss und große Träume

Roman

Alle Rechte der Vervielfältigung, Bearbeitung und Übersetzung, ganz oder teilweise, sind für alle Länder vorbehalten. Die Autorin oder der Autor oder Herausgeber ist alleinige Inhaberin der Rechte und verantwortlich für den Inhalt dieses Buches. Das Gesetz über geistiges Eigentum verbietet Kopien oder Vervielfältigungen, die für eine kollektive Nutzung bestimmt sind. Jede vollständige oder teilweise Darstellung oder Vervielfältigung, die durch ein beliebiges Verfahren ohne die Zustimmung der Autorin oder des Autors oder seinen Berechtigten oder Rechtsnachfolger*innen erfolgt, ist rechtswidrig und stellt eine Fälschung im Sinne der Artikel L.335-2 ff. des Gesetzes über das geistige Eigentum dar.

Copyright © 2025 Luisa-Sophie Erbrugg
Coverdesign Copyright © A&K Buchcover

Lektorat, Korrektorat & Buchsatz:
AutorenServices.de, Birkenallee 24, 36037 Fulda

1.Auflage

Verlag: BoD · Books on Demand GmbH, In de Tarpen 42, 22848 Norderstedt
Druck: Libri Plureos GmbH, Friedensallee 273, 22763 Hamburg
ISBN: 978-3-7693-0834-1

Bibliografische Information der Deutschen Nationalbibliothek: Die Deutsche Nationalbibliothek verzeichnet diese Publikation in der Deutschen Nationalbibliografie; detaillierte Daten sind im Internet über dnb.dnb.de abrufbar.

Luisa-Sophie Erbrugg

Zuckerguss und große Träume

Roman

Prolog

Die Spannung in der Luft war zum Greifen nah. Dorothea verschränkte die Arme vor der Brust und starrte ihre Tochter trotzig an. Die Stimme klang monoton, beinahe leiernd.

„Julia, das ist doch Unsinn! Merkst du nicht, dass das nur ein dummes Missverständnis war?"

„Hör zu Ma! Was ihr veranstaltet habt, war alles nur kein Missverständnis", erwiderte Julia entschieden. „Glaubst du tatsächlich, dass es nur eine Bagatelle ist? Mein Freund lag nackt auf deinem unverhüllten Körper? Ich habe gesehen, dass ihr Sex hattet. Verdammt, du bist nicht einfach irgendwer. Du bist meine Mutter. Ich habe dir bedingungslos vertraut. Du warst für mich mein Lebensanker. Und ich wusste, dass auf dich immer Verlass war. Warum hast du es so weit kommen lassen?"

„Es war ein Ausrutscher, ein einziger Fehltritt, ich schwöre dir. Ich liebe ihn auch gar nicht", versuchte Dorothea sich zu rechtfertigen. Doch ihr Ehrenwort verhallte wirkungslos.

„Du nennst es Fehltritt? Ein falsches Spiel trifft es eher", Julias Stimme bebte. „Kaum hatte ich euch den Rücken zugekehrt, war eure Zurückhaltung wie weggeblasen. Verschone mich mit diesen haltlosen Ausreden!"

Ein erdrückendes Schweigen breitete sich aus. Gefüllt mit den Schatten unausgesprochener Gedanken und dem Nachhall vergangener Wortgefechte. Julia war fest entschlossen, das Kapitel ein für alle Mal zu schließen.

„Ich habe meine Entscheidung getroffen. Deine Argumente können mich nicht mehr umstimmen."

Unmerklich verkleinerte Dorothea den Raum zwischen sich und Julia. „Gib dir etwas Bedenkzeit. Fällt es dir wirklich so leicht, deinen Partner wegen dieses Irrtums aufzugeben? Holger ist ein attraktiver, feinfühliger Mann. Wir sind alle fehlbar. Euer Glück schien grenzenlos. Ich dachte, ihr würdet …"

„Ein Irrtum?", Julias Finger pressten sich krampfhaft zusammen. „Ein Irrtum ist es, wenn jemand den falschen Zug nimmt oder seinen Kaffee kalt werden lässt. Was hier passiert ist, nennt man Verrat."

Dorothea lief vor dem Bücherregal auf und ab. Die Arme fuchtelten unkontrolliert in der Luft herum. Die Verzweiflung stand ihr ins Gesicht geschrieben. Sie wischte sich die Tränen ab und schnäuzte sich die Nase. Ihr Gegenüber zeigte keine Regung. Selbst der Anblick der weinenden Mutter konnte Julias Entschlossenheit nicht zum Wanken bringen. Die Uhr des Schicksals ließ sich nicht zurückdrehen.

Dorothea wandte ihren Blick nach draußen: „Du hattest vor, eines Tages seine Frau zu werden."

„Woher nimmst du die Idee, dass eine Hochzeit mit Holger in meinem Plan stand. Du weißt, dass ich mich schon lange dagegen gesträubt habe. Die Gründe kennst du. Für ihn war ich nur ein zu bevormundendes Kind. Er kontrollierte jeden meiner Schritte. Bitte erkenne endlich, dass es vorbei ist. Es gibt keinen Weg zurück. Weder zu dir noch zu ihm."

„Denkst du bitte darüber nach, was Holger dazu sagen wird."

„Du begreifst es einfach nicht", fiel Julia ihr ins Wort, mit einer eisigen Schärfe in der Stimme. „Sofern Holger einverstanden ist, steht es ihm offen, den Weg mit dir weiterzugehen. Ich bin raus und bete, dass Papa dich endlich verlassen wird, weil du seine Liebe schon mindestens einmal verraten hast."

Dorothea erschrak. Wer hatte sie an ihre Tochter verraten?

„Wie hast du davon erfahren?"

„Das ist egal. Vielleicht hat es mir Vaters Geschäftspartner erzählt. Wobei es auch mein ehemaliger Klassenlehrer auf dem Gymnasium hätte ausplaudern können."

Dorotheas Gesicht wurde bleich. Ein heftiges Beben durchfuhr sie bis in die Spitzen ihrer Finger und Zehen. „Wer hat dir das erzählt?"

„Das spielt keine Rolle. Fakt ist, dass Vater etwas Besseres verdient hat. Ihm sind Moral, Treue und Ehrlichkeit genauso wichtig wie mir. Leb wohl, Mama."

„Wo gehst du jetzt hin?"

„Das steht noch in den Sternen. Außerdem gehört das nicht mehr zu den Ereignissen, die du wissen musst!"

Julia stürmte aus dem Raum. Sie trug ihre ungestümen Gefühle wie eine dunkle Wolke mit hinaus. An der frischen Luft ließ sie die Flut aus Wut und Trauer über sich hereinbrechen. Von innerer Hilflosigkeit getrieben stürzte sie sich hinter das Lenkrad. Das Fahrzeug gewann an Geschwindigkeit. Die Reifen quietschten auf dem Asphalt.

Mit zerrüttetem Herz und verwirrten Gedanken jagte Julia ihr Auto die Landstraße entlang, ohne ein Ziel vor

Augen. Nur mit dem Wunsch, Distanz zwischen sich und ihre Mutter zu bringen. Die Frau, die ihr solche Qualen zugefügt und einen endgültigen Kontaktabbruch provoziert hatte. Alles nur, weil sie mit ihrem Schwiegersohn in spe diese Affäre anfing. Julia war fassungslos über das rücksichtslose und kaltherzige Verhalten ihrer Mutter. In ihr breitete sich ein Gefühl der Leere und Einsamkeit aus. Ihre Gedanken wanderten zu ihrem Vater. Das Bild seiner unendlichen Loyalität Dorothea gegenüber tauchte vor ihr auf.

Der kurvige Pfad der Bergstraßen führte sie nach sechzig Minuten in den malerischen Ort Walenstadt. Sie parkte ihr Auto am Rande des Dorfes und spazierte zum See. Die Sonne schien auf das klare Wasser und spiegelte die schneebedeckten Gipfel wider. Eine leichte Brise glitt über ihre Haut. Der Klang der Brandung drang leise an ihr Ohr. An einem windstillen Platz neben dem Wasser setzte sie sich ins Gras. In der Ruhe des Moments erforschte sie ihre Absichten, Träume und Gefühlswelten. Welchen Weg sollte sie nun einschlagen, nachdem sie ihr altes Leben – Familie, Freundschaften, berufliche Identität und ihr Zuhause – hinter sich gelassen hatte?

War es vernünftig von ihr, alles auf einmal aufzugeben? Auf einen Schlag stand sie vor dem Nichts. Was blieb, waren ihre eigene Entschlossenheit und das bittere Gefühl des Scheiterns. Ihre Gedanken irrten umher ohne Ziel, doch das Bewusstsein, dass sie diesen Ort hinter sich lassen musste, stand fest. Sie kehrte zu ihrem Wagen zurück und setzte sich auf den Sitz. Die Augen verschlossen versuchte sie zu verdrängen, was sie zurückgelassen hatte. Sie sehnte sich danach, irgendwo von vorn beginnen zu können. An einem Ort, an dem das Glück auf sie warten würde.

Bald kam sie an einem kleinen Hotel vorbei, das im abendlichen Sonnenuntergang in Tönen von Orange badete. Ein grauhaariger Rezeptionist bot ihr freundlich eine behagliche Unterkunft an. Sie entschied sich für Zimmer 23.

Julia trat ans Fenster und schaute über das Wasser.

Das war überhaupt die Idee! Der Gedanke, sich an einem See niederzulassen, weckte ihre Neugier.

Im warmen Ambiente des Speisesaals stieß Julia beim Durchsehen der Lokalnachrichten auf eine verlockende Job-Ausschreibung nicht weit von hier. War das der Schritt in eine neue Zukunft? Sie legte die Zeitung beiseite und schaute auf die Uhr.

Glücklicherweise hatte sie noch genug Zeit. Sie griff nach ihrem Handy und zögerte einen Moment, bevor sie die Nummer wählte, die unter der Anzeige stand. Was hatte sie schon zu verlieren? Womöglich erwies sich diese Position als ideale Chance. Sie lauschte dem monotonen Freizeichen und stellte dabei fest, wie die Anspannung ihren Puls in die Höhe trieb. Dann meldete sich eine freundliche Stimme am anderen Ende der Leitung.

„Herzlich willkommen bei der Bäckerei Müller und Partner, mein Name ist Viktor. Wie kann ich Ihnen behilflich sein?"

„Hallo, hier spricht Julia Berger. Ich habe Ihre Stellenanzeige in der Zeitung gesehen und würde mich gerne dafür bewerben."

„Ich bedaure Frau Berger. Die Stelle ist seit heute Morgen besetzt."

Enttäuscht beendete Julia das Gespräch und starrte resigniert auf den Gemüseteller vor sich.

Ein flüchtiger Augenblick der Entmutigung waberte durch Julias Brust, doch sie schüttelte rasch den Gedanken ab. Sie mahnte sich selbst zur Standhaftigkeit. Jetzt von einem Misserfolg gebremst zu werden, kam nicht infrage. Sich der Enttäuschung hinzugeben wäre der bequemere Pfad, doch nicht der ihre. Sie hatte einen Neuanfang gewagt und sich entschieden, nicht länger Opfer der Umstände zu sein.

Ein erneutes Aufblicken und das Abschweifen ihrer Augen quer durch den Raum offenbarte ihr, dass sich mittlerweile mehr Gäste an den Tafeln niedergelassen hatten, als sie anfangs registriert hatte. Jeder Tisch erzählte seine eigene Geschichte und die Menschen, die an ihnen saßen, waren Schauspieler in ihren persönlichen Dramen und Komödien.

Zwischen einem Mann und einer Frau mittleren Alters fand ein stilles Trinkritual statt. Ihre Weingläser berührten sich in feierlicher Manier. Eine Familie lachte über eine Anekdote ihres jüngsten Mitglieds. Und in einer Ecke saß eine ältere Dame vertieft in ein dickes Buch, das so aussah, als hätte es viele Geschichten zu erzählen. Unvermittelt richtete Julia ihre Aufmerksamkeit auf ein Stück Papier, das sich, vom Salzstreuer teilweise verdeckt, am Tischrand verfing. Sie zog das Blatt hervor und entfaltete es.

„Bist du bereit für eine Veränderung? Wir organisieren ein lokales Netzwerk für kreative Köpfe. Treffen heute Abend um 20 Uhr im Gemeindehaus."

„Alle sind willkommen", las sie ausgeschrieben darauf.

Julia warf einen Blick auf ihr Handgelenk. Es war erst halb acht. Das Gemeindezentrum befand sich in bequemer Gehdistanz zum Hotel. Ihr Puls beschleunigte sich leicht bei dem Gedanken an etwas Neues, Unbekanntes. War dies das Zeichen, auf das sie gewartet hatte?

Entschlussfreudig beendete Julia ihr Mahl und verließ den Speisesaal. Sie bereute es nicht, auf die entgangene Arbeitsstelle zu warten. Das Netzwerktreffen klang nach einer vielversprechenden Möglichkeit, Gleichgesinnte zu treffen oder sogar eine neue Geschäfts- beziehungsweise Lebensgelegenheit zu finden.

Das Gebäude war ein gemütlicher Holzbau, dessen warme Beleuchtung einladend durch die Fenster schimmerte. Ein buntes Schild neben der Tür wies auf die Kreativversammlung hin. Julia war wieder von diesem ambivalenten Schauer der Erregung erfasst, wie immer, wenn sie sich auf ein neues Abenteuer einließ. Sie stieg die Stufen hinauf und öffnete die Tür.

Drinnen herrschte ein summendes Durcheinander von Stimmen. Der Raum war weitläufig und von der Decke hingen Papierlaternen, die ein sanftes Licht warfen. An verschiedenen Stellen hatten sich Cluster von Menschen gebildet, die rege diskutierten und lachten. In der Luft lag der Duft von frisch gebrühtem Kaffee und hausgemachten Keksen.

Eine freundlich aussehende Frau mit einer blauen Schürze über ihrem gemusterten Kleid kam auf Julia zu. „Hallo! Ich bin Erika, eine der Organisatorinnen. Du bist wohl erst kürzlich nach Walenstadt gezogen, oder?" Angesteckt von Erikas strahlendem Lächeln, erwiderte Julia reflexartig mit einem Kopfnicken und einem festen Händedruck.

„Mein Name ist Julia. Ich bin frisch in der Stadt. Die Ankündigung eures Treffens hat mich neugierig gemacht, also entschied ich mich, mal vorbeizuschauen."

„Wir sind immer auf der Suche nach neuen Ideen und Perspektiven. Setz dich doch zu uns. Zunächst stellen wir uns einander vor. Darauf folgt eine Diskussionsrunde, zu der alle herzlich eingeladen sind."

An Erikas Seite erreichte Julia den halbrunden Stuhlkreis und beim Platznehmen setzte sich in ihrem Herzen sanft eine blühende Hoffnung in Gang. Möglicherweise markierte Walenstadt, so fernab ihrer bekannten Welt, den Startpunkt für ein neues, zauberhaftes Kapitel ihres Lebens.

Sobald die Diskussionsrunde einsetzte und Julia die Bandbreite an Menschen und deren Träume wahrnahm, registrierte sie, wie ihre Zuversicht stärker wurde. Die Verschiedenartigkeit der Teilnehmenden enthüllte sich Julia, während sie aufmerksam der Vorstellungsrunde folgte. Da war der lokale Holzschnitzer, der von seiner neuen Serie an Skulpturen erzählte, die mit der Geschichte des Dorfes verwoben waren.

Eine junge Illustratorin teilte ihre Erfahrungen mit dem Selbstveröffentlichen von Kinderbüchern. Ein älterer Herr mit verschmitztem Lächeln sprach von seinen Plänen, ein Gedichtband zu verfassen. Und ein Paar, das gemeinsam handgemachte Seifen und Cremes herstellte, schilderte, wie sie ihre Produkte vermarkten.

Ermutigend zwinkerte Erika Julia zu, als sie aufgerufen wurde. Sie nahm all ihren Mut zusammen und ihre Stimme erlangte an Stärke, während sie ihre Situation schilderte. Von der Konfrontation mit ihrer Mutter, dem Schmerz und dem Gefühl des verloren seins, dass sie dazu getrieben hatte, Walenstadt aufzusuchen. In dem Augenblick, als sie ihre Geschichte teilte, erfuhr sie eine merkwürdige Loslösung. Ihre Worte fanden Gehör bei fürsorglichen Menschen, die frei waren von Vorurteilen gegen sie, weil sie sie nicht kannten und die Vergangenheit nicht mit ihr teilten.

„Ich bin kein Künstler oder Handwerker", schloss Julia, „jedoch habe ich eine Leidenschaft für das Backen und ich liebe meinen Beruf als Konditorin. Es ist mir noch ein Rätsel, wie ich das hier nutzen kann, aber ich bin entschlossen, einen Neubeginn zu wagen."

Die Runde nahm Julias Erzählung mit wärmendem Interesse auf. Es war nicht nur höfliches Nicken, sondern echte Anteilnahme und Neugier in den Gesichtern zu lesen. Am Ende ihrer Ausführungen klatschten einige leise, andere lächelten sie ermutigend an.

Erika trat vor und strahlte Julia an. „Du wirst sehen, dass du bald genau das finden wirst, was du brauchst. Wie wäre es, wenn du im Netz nach freien Stellen schaust? In deinem Fachgebiet gibt es sicher einen Berufsverband. Die haben oft hilfreiche Joblisten."

„Das ist eine prima Idee. Erika, ich bin dir so dankbar."

Nachdem das Treffen sein Ende fand und die letzten Teilnehmenden hinaus in die kühle Nachtluft verschwunden waren, saß Julia noch immer auf ihrem Stuhl und ließ die Geschehnisse des Abends Revue passieren. Ihre Gedanken kreisten sich um den Vorschlag, sich im Internet nach einer neuen Arbeitsstelle umzusehen.

Sie verharrte unschlüssig, gefesselt von dem frischen Erlebnis.

„Erlaubst du, dass ich kurz den Laptop nutze?", flüsterte sie und zeigte auf das Gerät, das ein junger Mann, ein Mitglied des Organisationsteams, soeben im Begriff war, wegzupacken. Er lächelte Julia wohlwollend an, bejahte mit einem Kopfnicken, nahm den Laptop und stellte ihn vor ihr bereit. „Bitte, bedien dich. Es gibt freies WLAN. Das Passwort steht auf dem Notizzettel."

Julia nickte dankbar und ließ ihre Finger über die Tastatur gleiten. Die Seite eines branchenspezifischen Portals erschien auf dem Bildschirm. Sie zog ihre Augenbrauen zusammen und fokussierte sich auf die Suche nach Stellenanzeigen in Walenstadt und Umgebung. Sie tippte schnell und zielgerichtet, um ihre Suchkriterien zu optimieren, doch die Ernte war mager: kein einziger Treffer.

Nicht einmal fünf Minuten später stieß sie auf ein Inserat, das ihr Herz höherschlagen ließ. Eine Konditorei in Genf suchte eine erfahrene Konditorin. Julia war außer sich vor Freude. Angeregt las sie die Stellenbeschreibung und ließ die Bilder des Cafés auf sich wirken, wobei in ihr eine Aufregung erwachte, die sie längst vermisst hatte.

„Genau das hab' ich gesucht", murmelte sie und nahm wahr, wie der Traum in ihr an Kontur gewann. Ohne zu zögern, kopierte sie die E-Mail-Adresse und formulierte ihre Bewerbung. Sie erzählte von ihren früheren Erfahrungen, ihrer Leidenschaft für das Handwerk und ihrem Wunsch nach einem Neuanfang in einer Umgebung, die ihre Werte von Gemeinschaft und Authentizität teilte.

Sie fügte ihrem Lebenslauf und ihren Arbeitsproben ein paar Fotos ihrer besten Kreationen hinzu und drückte auf Senden.

Während Julia noch den Atem ihres kühnen Vorhabens anhielt, berührte eine Hand ihre Schulter.

„Ich sehe, du nimmst unser Netzwerk ernst", scherzte Erika. „Ist alles in Ordnung?"

„Ja", antwortete Julia, „ich habe soeben eine Bewerbung für eine Stelle als Konditorin in Genf abgeschickt. Wer kann schon sagen, vielleicht öffnet sich dadurch eine neue Tür."

Erika nickte anerkennend. „Das klingt ja richtig aufregend! Allerdings ist es eine ganze Ecke weg."

„Ja, mir ist bewusst, wie weit es ist. Doch das ist nebensächlich. Vielleicht hilft mir genau dieser Abstand dabei, Frieden mit meiner Vergangenheit zu schließen."

„Damit könntest du richtig liegen. Kopf hoch! Bleib optimistisch, das Leben hat die Angewohnheit, sich zu bessern."

Julia schloss den Laptop, gab ihn dem jungen Mann zurück und bedankte sich erneut. Eine wohltuende Schwere legte sich über ihre Gedanken. Doch es war eine willkommene Müdigkeit, die von dem ersten Schritt in Richtung eines neuen Kapitels in ihrem Leben herrührte.

„Ich denke, es ist an der Zeit für mich, ins Hotel zurückzukehren", sagte Julia und kam auf die Beine.

„Süße Träume, Julia", Erika umarmte sie kurz, „bis zum nächsten Mal und viel Erfolg!"

„Danke Erika für alles. Pass auf dich auf."

Sie verließ das Gemeindehaus und wurde von der frischen Nachtluft begrüßt. Ihr Herzschlag verlangsamte sich beim Rauschen der Wellen des nahen gelegenen Sees. Gleichmäßig und beruhigend. Die Gewissheit, dass die nächsten Tage unvorhersehbar wären und Nächte der Ungewissheit bevorstünden, lag schwer auf ihr. Aber genau in dieser Sekunde erkannte sie, dass mit dieser Entscheidung der Grundstein für einen neuen Lebensabschnitt gelegt war.

Mit jedem Schritt, der sie näher an die Pension brachte, keimte Hoffnung in ihr auf. Es war möglich, dass der kommende Tag frische Nachrichten mit sich bringen würde. Unter Umständen sogar die lang ersehnte Zusage zu ihrer Bewerbung. In Gedanken versunken erreichte sie ihr Zimmer und mit einem tiefen Seufzer der Zufriedenheit schlüpfte sie unter die warme Decke.

Trotz der chaotischen Ereignisse der letzten Tage hielt Julia an ihrer Überzeugung fest, dass sie auf dem besten Weg war, ihr eigenes Glück zu finden. Eines, das sie selbst definierte und gestaltete. Mit diesem beruhigenden Gedanken schloss sie ihre Augen und sank in einen tiefen, erholenden Schlaf mit der Vorfreude auf das, was der kommende Tag bringen möge.

Am Morgen erwachte sie durch das Klingeln ihres Handys. Ihr Bewerbungsgespräch in Genf wurde für den nächsten Tag bestätigt.

Sie steckte ihre Energie in die sorgfältigen Vorbereitungen.

Den anschließenden Waldspaziergang nutzte sie zur Einstimmung auf die bevorstehenden Herausforderungen. Allein mit der Natur kam sie an einem Kinderspielplatz vorbei. Ein erlösendes Gefühl der Kindlichkeit überkam sie. Ohne zu überlegen, setzte sie sich auf die Schaukel, stieß mit den Füßen ab und schon wirbelten die Haare durch die Luft.

Die Unbeschwertheit eines Kindes ließ endlich ab, den Geschehnissen der vergangenen Tage nachzugrübeln. Erfüllt von zaghaftem Optimismus lief sie dem Pfad entlang, der sie in eine verheißungsvolle Zukunft führte. Die Melodie des Waldes umspielte die süße Möglichkeit des Neubeginns.

Neuanfang

Am nächsten Morgen fuhr Julia mit ihrem Kleinwagen, den sie liebevoll Henry nannte, über die Route-de-Lausanne ihrem neuen Lebensabschnitt entgegen.

Hingerissen von der vorüberziehenden Natur, in der sie jedes malerische Detail auskostete, wanderte ihr Blick zwischen den sonnengeküssten Weinbergen zur Rechten und der funkelnden Oberfläche des Genfer Sees zur Linken hin und her. Windfäden zauberten Wirbel in ihr rotbraunes Lockenhaar. Sie stellte die Melodie des Momentes lauter.

Immer mehr Autos füllten die Fahrbahn. Wie auf Kommando schaltete die Ampel zu einem warnenden Rot. Gedankenversunken betrachtete Julia die Jugendstilhäuser, die sich rechter Hand erhoben. Sie verbanden sich elegant mit anderen Epochen zu einer nostalgischen Melange mit französischem Charme. Wehmütig stellte Julia fest, dass sie in ein völlig falsches Zeitalter hineingeboren war. Zu gerne hätte sie in jener Ära das Licht der Welt erblickt. Selbst mit dem Verständnis, dass die glanzvollen Zeiten ihre dunklen Flecken besaßen. Männer eingeschlossen, die sich oft genug als trügerischer Schein herausstellten.

Grün flackerte die Verkehrsampel auf. Der Verkehr setzte sich langsam in Bewegung. Ein aufmüpfiges Magenknurren offenbarte unaufhaltsam den aufkeimenden Hunger. Wachsam hielt sie Ausschau nach einem Imbisswagen und einem Parkstreifen für den kleinen Flitzer.

„Geschafft! Du bist jetzt mein!" Mit einem gezielten Blinkzeichen schlängelte sie den Kleinwagen in die Lücke. Sie stieg geschwind aus und verriegelte den Wagen. Julia ignorierte das Knurren ihres Magens und ließ sich stattdessen von der Anziehungskraft des Seeufers leiten.

Mit geschlossenen Augen nahm sie einen tiefen Atemzug. So war der Geruch ihrer neuen Lebensphase. Ein Lächeln stahl sich auf ihre Lippen.

Die Kaimauer wurde zum Taktgeber für die ankommenden Wellen. Das Horn eines Passagierdampfers fügte sich als Ankündigung der Abfahrt hinzu. Für einen kurzen Augenblick entführten sie die Laute ans Meer. Um sie herum sangen Möwen ihr schrilles Lied. Ungern trennte sich Julia von ihren Träumereien. Doch der Magen forderte mit einem deutlichen Knurren erneut Aufmerksamkeit.

„Ich würde mich über einen Hamburger mit Pommes freuen. Dazu eine gekühlte Limonade."

„Kommt sofort."

Mit der Bestellung in der Hand suchte Julia eine Parkbank. Sie streckte ihre Beine aus und verzehrte den ersehnten Imbiss unter den wärmenden Sonnenstrahlen.

Schlagartig war die Atmosphäre mit einem würzigen Parfum gesättigt, das eindeutig vom Träger des geschmackvollen dunkelblauen Anzugs auszugehen schien. Seine virile Aura war unverkennbar. Trotz der Eleganz seines Auftritts fand Julia den Duft, der ihn umgab, ein bisschen zu aufdringlich. Kaum hatten sich ihre Augen gefunden, huschte ein stilles Lächeln um seine Mundwinkel.

Ein zartes Kribbeln tänzelte durch ihre Adern.

Doch im selben Augenblick wurde ihr klar, dass dieser Y-Chromosom-Träger unmöglich zu ihr passte. Es beschlich sie das Gefühl, dass dieser Mensch in einer eigenen, unerreichbaren Welt existierte.

Allmählich wieder in der Realität förderte sie die Bewerbungsunterlagen zutage und legte im Navigationssystem die Koordinaten ihres potenziellen neuen Arbeitsplatzes fest.

Julia ließ den Blinker klicken, nahm die Rechtskurve von der Route-de-Lausanne weg und lenkte das Auto in die Avenue-de-la-paix. Durch eine von Kastanienbäumen gesäumte Allee kam sie am Völkerbundpalast und dem UNO-Haupt-gebäude vorbei. Die Frauenstimme aus dem Navigationsgerät wies darauf hin, dass das Ziel nach hundertfünfzig Metern auf der rechten Seite stand. Mit einem leisen Klicken schaltete sie das Blinklicht ein und manövrierte den Wagen in die Parklücke am Straßenrand. Mit zittrigen Händen packte sie die Unterlagen und schlüpfte aus dem Fahrzeug.

Die Konditorei hinterließ von außen einen unscheinbaren Eindruck. Dennoch sprühte das Haus einen Hauch Romantik aus. Hier war das Ziel des heutigen Vorhabens das Bewerbungsgespräch. Mit festem Schritt bewältigte Julia die fünf Stufen, die zur Eingangstüre führten. Sie öffnete die Türe und war tief beeindruckt. Noch nie hatte sie ein derartiges Ambiente gesehen. Der gesamte Verkaufsraum war im viktorianischen Stil gehalten. Eine reizvolle Zusammenstellung aus schneeweißem Dekor und zartem himmelblau.

Filigrane, kristalline Kronleuchter zierten die Decke. Ein Duftbouquet aus Zimt, Vanille, Schokolade und frisch gebackenem umschmeichelte ihre Nase. Für Julia war es das Paradies auf Erden.

Eine freundliche Dame weckte sie aus ihrer Welt.

„Grüß Gott, wie kann ich Ihnen behilflich sein?"

„Hallo. Madame Florence Petitpierre erwartet mich zum Vorstellungsgespräch."

„Prima. Ich melde Sie an."

Flink verschwand die Bedienung hinter einem Vorhang und kam nach einem kurzen Moment zurück. „Madame empfängt Sie in ihrem Büro, gleich hinter der Gardine die erste Türe rechts."

„Vielen Dank", erwiderte Julia mit einem dankbaren Lächeln und setzte den Weg fort. Ihr Puls wurde mit jedem Schritt schneller und dehnte sich bis zum Hals aus.

Mit zittriger Hand klopfte sie an die Tür.

„Kommen Sie doch bitte herein", ertönte eine einladende Frauenstimme aus dem Innern des Zimmers. Mit einem leisen Quietschen gab die Tür nach und Julia trat ein.

„Willkommen in meiner Konditorei, Frau Berger. Es freut mich, Sie hier zu begrüßen. Bitte, setzen Sie sich und fühlen Sie sich wie zu Hause", bot sie an, zeigte auf den Stuhl gegenüber und schlüpfte auf ihren eigenen hinter dem Schreibtisch, „haben Sie ihre Bewerbungsunterlagen zur Hand?"

Ein unvergleichliches, mildes Lächeln überdeckte das Gesicht der rundlichen Dame. Sie nahm die Dokumente entgegen und blätterte durch die Mappe. Die Stille im Raum wurde nur durch Julias nervöses Zupfen an ihrem Rock unterbrochen.

„Das Ganze sieht ansprechend aus." Sie strich sich über ihr tadellos arrangiertes Haar. „Sie haben einen ausgezeichneten Berufsabschluss. Die Benotung erstklassig und die übrigen Arbeitszeugnisse sind überzeugend. Aber eine Frage habe ich an Sie, Frau Berger. Könnten Sie mir verraten, was Sie dazu bewogen hat, sich speziell für Genf als neuen Wohnort zu entscheiden? So wie ich aus ihren Unterlagen entnehme, haben Sie bis jetzt in Davos gelebt."

„Sagen wir mal so", behalf sich Julia mit einer Notlüge. Sie hatte keine Lust, mit einer Fremden über den wahren Grund zu sprechen. „Ich bin es leid, nur Berge um mich zu haben. Ich bevorzuge an einem See zu leben und dabei neue Menschen und Regionen kennenzulernen."

„Das verstehe ich. Falls Sie einverstanden sind, steht ihnen die Option offen, zunächst drei Monate zur Probe bei uns zu arbeiten. Sind wir beide zufrieden, unterschreiben wir nach Ablauf einen festen Vertrag."

„Ich freue mich auf die neue Herausforderung."

Florence Petitpierre erhob sich und streckte Julia ihre Hand entgegen. „Dann heiße ich Sie herzlich willkommen in der Konditorei Pierrot. Melden Sie sich morgen um sieben Uhr im Verkaufsraum. Sie werden dort von ihrem Arbeitskollegen, Herrn Thomas Gutmann, abgeholt und in die Backstube geführt. Ich werde Sie dann später persönlich herumführen und ihnen alles zeigen."

„Ich freue mich."

„Bis morgen, Frau Berger, ich blicke einer erfolgversprechenden Zusammenarbeit entgegen."

„Auf Wiedersehen, Frau Petitpierre."

Nachdem sie die anfängliche Hürde genommen hatte, stand die Suche einer vorübergehenden Bleibe auf dem Plan. Am Ende der Straße führte sie ein kleines, schmuckes Hotel zum Ziel. Es war die perfekte Lösung. Gewiss nicht auf Dauer. Aber für die Übergangszeit schien es optimal. Und die Konditorei war zu Fuß zu erreichen.

Julia war froh, dass sie das Hotel gefunden hatte. Nach der anstrengenden Reise benötigte sie dringend eine Pause. Das Zimmer war klein, aber gemütlich. Es beherbergte ein bequemes Bett und ein Fenster mit Blick auf die Straße. Julia packte ihre Sachen aus und ließ sich auf die Matratze fallen, um ein wenig zu schlafen. Sie träumte von der Konditorei, die ab dem kommenden Morgen der Start in ein neues Leben war.

„Madame Petitpierre, ich bin überwältigt von der Schönheit ihrer Bäckerei und des Cafés. Jedes Detail zeugt von großer Sorgfalt und Liebe. Es ist ein wahrgewordener Traum."

„Ach wissen Sie, Liebes. Das ist das Ergebnis jahrelanger Arbeit. Nachdem mein Mann starb, war ich gezwungen, mich aus der Komfortzone zu bewegen und das Leben selbst in die Hand zu nehmen. Bis zu diesem Tag hatte er sämtliche Geschäfte erledigt und sich um den reibungslosen Ablauf der Bäckerei gekümmert. Ich hatte die Freiheit, mich vollends meinen Backkreationen zu widmen. Sein unerwarteter Tod veränderte schlagartig alles. Zu Beginn fiel es mir schwer, mich zurechtzufinden. Die Angestellten sahen in mir bloß das backende Anhängsel, ohne Autoritätsrechte und Durchsetzungsvermögen. Schritt für Schritt und mit unermüdlicher

Geduld erkämpfte ich mir den Respekt. Doch das Ergebnis war jede Anstrengung wert."

Triumph blitzte in ihren Augen auf. Ihr Blick schweifte durch den Raum. „Und wie, Madame Petitpierre."

„Fleur, so heiße ich für Freunde", erklärte sie und erhob sich. Das Geräusch ihres Spitzenkleides vermischte sich mit der munteren Stimmung. Sie lächelte und bedeutete Julia zurück in die Backstube. „Allez vite! Wir haben jede Menge Arbeit vor uns. Los gehts!"

Ihre Augen strahlten, während Julia die elegante, spitzenbesetzte Schürze entgegennahm, die Fleur ihr hinhielt.

„Meine Liebe. Ich werde Sie gleich am ersten Tag ins kalte Wasser werfen.", mit einem schelmischen Zwinkern fuhr sie fort, „auf der gegenüberliegenden Straßenseite ist der Sitz der Firma Cremaut-Prints. Ich bin mir sicher, dass Sie ihnen bei der Hinfahrt aufgefallen ist."

„Ah, der graue Gebäudekomplex mit der langen Fensterfront."

„Genau. Die Firma ist einer unserer besten Kunden. Mindestens einmal in der Woche kommt eine Bestellung für ein Catering rein. Dabei handelt es sich vor allem um Kanapees, kleine Feingebäcke und Apérogebäck. Meistens ist es für Geschäftskunden nach deren Besprechungen mit der Firmenleitung. Genau einen solchen Auftrag bereiten Sie heute zu."

Julia zögerte keinen Moment, ihre Meinung kundzutun, doch ihre Chefin ließ sie mit einem energischen Wink nicht zu Wort kommen. „Kein Widerspruch! Es ist Zeit, dass Sie mich von ihrer Expertise überzeugen. Ich bin mir sicher, dass Sie meine Hoffnungen nicht enttäuschen werden. Jetzt zeige ich ihnen, wo alles ist und dann ab an die Arbeit. Bei Fragen wenden Sie sich an Thomas. Er hat sich in der Vergangenheit um ähnliche Aufträge gekümmert."

„Diesen Optimismus würde ich mir auch wünschen."

„Nur Mut." Mit einem verschmitzten Lächeln drehte sie sich um und ließ ihren Duft von Wildrose und Jasmin hinter der geschlossenen Tür zurück.

Die Sonne erreichte ihren Zenit an einem makellos klaren Himmel, als Julia das Gebäck kunstvoll anrichtete und Fleur das Ergebnis ihrer Bemühungen vorführte.

„Sehen Sie, Julia. Ich habe ihnen gesagt, dass Sie mich nicht enttäuschen werden. Die Präsentation wirkt gelungen, nicht zu überhäuft. Das ist genau nach meinem Geschmack. Ein Kanapee würde ich gerne probieren."

Julia hielt ihr den Teller hin. Sie fixierte Fleurs Mimik aufmerksam beim Kosten und beobachtete, wie sich ein leuchtendes Lächeln auf ihrem Gesicht ausbreitete. Ein tiefer Atemzug löste Julias innere Anspannung.

„So lecker!" Mit einem zufriedenen Lächeln ließ Fleur das letzte Stück im Mund verschwinden. „Ich fände es prima, wenn Sie die Bestellung in eigener Person ausliefern. Es wäre doch mal eine Augenweide für die anderen, die talentierte neue Mitarbeiterin zu Gesicht zu bekommen, die mein Team verstärkt. Sind Sie dazu bereit?"

Julia zögerte für einen Herzschlag, dann wurde ihr klar: Sich um eine Entscheidung drücken, gab es hier nicht.

„Oh ja, das erledige ich mit Freude."

„Das ist die Einstellung, die ich mir wünsche, ausgezeichnet." Vor ihr erhob sich der majestätische Gebäudekomplex mit seinen glänzenden Konturen. Mit festem Schritt marschierte Julia in das Gebäude, dessen minimalistische Einrichtung eine sterile Aura hervorrief. Sie steuerte mitsamt dem Gebäck auf den Empfang zu. Kaum hatte sie den Tresen erreicht, hob die junge Frau dahinter den Blick. Sie fragte Julia freundlich nach ihrem Begehren.

„Das Catering wird im dritten Stock erwartet."

„Danke."

Belustigt über die knapp gehaltene Antwort der Dame erkannte Julia, dass die Würze in der Kürze liegt. Sie schmunzelte im Verborgenen. Eilig betrat sie den Warenlift, der sie mit einem leisen Brummen in die obere Etage brachte. Die Türen öffneten sich und offenbarten einen weiteren großen Raum. Hier schien der Empfang nicht besetzt zu sein. Dafür entdeckte Julia im hinteren Teil eine Theke, vor der vier Barhocker standen. Eine Frau mit Brille und langen, blonden Haaren lächelte ihr zu. Offenbar waren sie etwa gleichaltrig. Von Anfang an keimte in Julia ein Gefühl der Verbundenheit zu der fremden Frau.

„Entschuldigen Sie, bitte. Ich habe hier eine Lieferung von der Konditorei Pierrot, die für heute bestellt wurde."

„Ideal, ich habe schon darauf gewartet. Bitte reichen Sie mir die Backwaren über die Theke. Arbeiten Sie neu bei Fleur?"

„Heute ist mein erster Tag."

„Ich komme häufig vorbei, um Bestellungen aufzugeben, und manchmal gönne ich mir eine kleine Kaffeepause in eurer gemütlichen Konditorei. Mein Name ist Brigitte Weissendorn."

„Julia Berger."

„Hast du es eilig? Komm, setz dich! Ich gebe einen aus", geschickt bereitete Brigitte einen leckeren Cappuccino zu und stellte ihn Julia hin. „Ich freue mich, dass du bei Fleur arbeitest. Ich bin nicht abgeneigt, wenn wir auf dieser Basis eine echte Freundschaft aufbauen könnten."

Ein Lächeln breitete sich auf Julias Gesicht aus. Sie war durchaus nicht abgeneigt, auf dieser Grundlage eine Kameradschaft entstehen zu lassen.

Ein peripherer Schimmer einer männlichen Statur zog Julias Aufmerksamkeit auf sich. Im selben Moment, in dem er an ihr vorbeieilte, entglitt ihr um ein Haar die Kaffeetasse aus den Fingern. Der Unbekannte griff flott ein Mineralwasser aus dem Kühlschrank und löste sich in Luft auf.

„Sag mal, Brigitte", ihre Stimme war von Neugier getrieben, etwas über den Mann in Erfahrung zu bringen, der ihr Innerstes in Aufruhr versetzt hatte, „wer ist das?"

„Meinst du diesen gutaussehenden Mann eben?"

„Ja!" Julia fixierte sie mit einem Blick voll nervöser Erwartung. Ihre innere Anspannung stieg in ihr zu einem Crescendo an, dass ihre Körpergrenze zu sprengen drohte.

„Er gehört mir."

Julias Mund klaffte auf. Sie fixierte die andere Person mit einem durchdringenden Blick.

„Wenn du wüsstest, wie deine Mimik aussieht!" Brigitte kicherte belustigt und gestikulierte beruhigend mit der Hand.

„Locker bleiben! Es war nur ein Scherz. Im Übrigen war das Steve Cremaut. Er ist der Junior-Chef hier."

„Aha, der Kerl mit dem ansteckenden Lächeln trägt den Namen Steve. Ich habe ihn heute am Kai gesehen."

„Definitiv eine Augenweide und eine Sünde wert. Ich habe keine Ahnung, ob er Single ist. Aber er wird von der Damenwelt umschwärmt. Das ist ihm mit Sicherheit bewusst. Tja, es kursieren diverse Geschichten über ihn. Lass dich besser nicht mit ihm ein. Du könntest dir zu deinem Leidwesen die Finger an ihm verbrennen. Glaube mir."

Julia verzog ihre Mundwinkel.

„Na ja. Mein Singlestatus ist für den Moment die bessere Lösung. Ich halte es für wichtiger, mich erst einmal in der neuen Umgebung einzuleben. Du, sag mal, weißt du hier im näheren Umkreis keine leerstehende Wohnung, die zu mieten ist?"

„Warum?"

„Aktuell bin ich im Hotel an der Ecke untergebracht. Aber auf die Dauer ist das keine Lösung."

„Ich biete dir an, bei mir in Untermiete zu wohnen. Ein freies Bett steht im vierten Zimmer. Es gehört dir, wenn du damit einverstanden bist."

Julias Gesicht erhellte sich.

„Ernsthaft? So eine Chance lasse ich mir nicht entgehen."

„Klasse! In einer Stunde bin ich hier fertig. Dann komme ich rüber ins Pierrot und hole dich ab. Okay?"

Julia nickte begeistert. „Das klingt perfekt, Brigitte.

Bis gleich dann." Mit einem letzten freundlichen Lächeln verließ sie die Firma, den Gedanken an den markanten Steve und das verlockende Angebot von Brigitte im Kopf.

Die Sonnenstrahlen blitzten durch die geometrischen Figuren des Glasbaus und zauberten Muster auf den schlichten, aber imposanten Boden aus Marmor. Es war ein aufregender Tag voller Ereignisse und der Gedanke an ein richtiges Zuhause in dieser neuen Stadt war tröstlich.

Als Julia in die Konditorei Pierrot eintrat, traf sie sofort auf den forschenden Blick von Thomas. „Schon wieder da? Erzähl mal, wie liefs?", fragte er, während er die Reste des Mehls von seinen Handflächen fegte.

„Alles bestens", antwortete Julia strahlend. „Die Lieferung wurde mit offenen Armen empfangen. Und wie du siehst, sind keine Katastrophen passiert." Sie war zufrieden mit sich und zählte sich langsam wie ein fester Teil des Teams.

Thomas lachte. „Das freut mich. Und wie gefällt dir unser kleines Zuckerparadies bisher? Hast du dich schon ein wenig eingelebt?"

„Es ist alles neu, aber ich finde mich zurecht. Das Team ist ausgesprochen kollegial und Fleur ist eine inspirierende Frau."

„Das ist sie", pflichtete Thomas bei und wischte sich die Weißmehlspuren von der Schürze. „Und wenn du mal Hilfe brauchst, ich bin immer da."

„Ich schätze dein Angebot", erwiderte Julia. Ihr Gesicht erhellte sich zu einem dankbaren Lächeln. Sie empfand eine angenehme Wärme inmitten dieser neuen

Gemeinschaft. Julia tauchte für die folgenden Stunden in die Welt der Zuckerblumen und vielfältigen Garnierungsmethoden ein und bemerkte kaum, wie rasch die Zeit bis zum nachmittäglichen Feierabend verstrich.

Pünktlich wie abgesprochen tauchte Brigitte in der Konditorei auf. „Bist du bereit?", rief sie quer durch den Verkaufsraum mit strahlenden Augen.

Julia trocknete sich die Hände an der Schürze ab und nickte. „Ja, völlig. Ich freue mich schon darauf, dein Zuhause zu sehen."

Sie verließen das Haus Seite an Seite. Während sie die Straßen entlangschlenderten, schwärmte Brigitte von den Besonderheiten der Umgebung, ihren persönlichen Lieblingsorten und einigen Insidertipps, die sie als gebürtige Genferin kannte. Julia nahm jedes Wort mit Interesse auf, beeindruckt von der sich schnell wachsenden Verbindung zu dieser Stadt.

Ein Abschied ohne Wiederkehr

Brigittes Wohnung lag in einem alten, aber gut erhaltenen Haus mit verschnörkelten Balkonen. Das Eingangstor erinnerte an frühere Zeiten. „Willkommen in meinem bescheidenen Königreich", sagte sie mit einem Lächeln und drehte den Schlüssel in der schweren Haustür.

Im Inneren erwartete Julia eine gemütliche und geschmackvoll eingerichtete Vierzimmerwohnung. Hohe Decken zeugten von der Gründerzeit. Die Dielenböden knarrten herzlich bei jedem ihrer Schritte.

„Dein Zimmer ist hier." Brigitte öffnete eine Tür und Julia trat ein. Ein Lichtermeer ergoss sich durch das großflächige Fenster und offenbarte den faszinierenden Anblick auf die Parklandschaft. In der Ecke stand ein einladendes Bett, daneben ein Schreibtisch und ein Regal für Bücher und persönliche Gegenstände.

„Das ist ja entzückend", freute sich Julia und setzte ihren Rucksack sanft zu Boden. „Ich bin dir unendlich dankbar."

„Nicht der Rede wert, ich tu's doch gern. Es war eh meistens ungenutzt. Komm, ich zeige dir schnell den Rest und dann gönnen wir uns einen Drink, okay?"

„Klingt perfekt."

Mit einem sanften Plopp entwich der Korken aus der Weinflasche in Brigittes Händen. Julia ließ derweilen ihren Blick durch den Raum schweifen. Dabei betrachtete sie jedes Detail. „Dein Zuhause ist stilvoll gestaltet. Die Mischung aus ländlichem Charme und zeitgenössischer Kunst wirkt total gelungen. Du hast ein Händchen dafür. Sobald ich meine eigenen vier Wände habe, brauche ich definitiv deine Beratung."

„Salut." Brigitte prostete ihrem Gegenüber zu. Sie stellte ihr Glas auf den kleinen Tisch und schaute Julia zögerlich an. „Erlaubst du mir, eine private Frage zu stellen?"

„Ja, schieß los."

„Was hat dich dazu bewegt, deine Zelte abzubrechen und Genf als neuen Wohnort zu wählen?"

Julia seufzte und suchte auf der Polsterecke nach einer angenehmen Position. Es fiel ihr schwer, sich zu öffnen. Doch tief in ihrem Inneren war ihr klar, dass Brigitte es verdiente, die wahren Gründe ihres Umzugs zu erfahren. „Mein Ex hat sich mit einer solchen Intensität den familiären Aufgaben gewidmet, dass die Situation am Ende außer Kontrolle geriet."

Ein plötzlicher Hustenanfall schüttelte Brigitte. Eine Erdnuss schlug den falschen Weg ein. „Wie ist das zu verstehen?"

„Das klirrende Echo eines nächtlichen Missgeschicks in der Küche ließ mich aufwachen. Mit angehaltenem Atem schlich ich die Treppe hinunter, nur um meinen Freund zusammen mit meiner Mutter in einer eindeutigen, kompromittierenden Lage auf dem Küchentisch zu ertappen."

„Was zum …?"

„Da dämmerte es mir, weshalb sie ausschließlich Lobeshymnen über ihn verlor, selbst als sie Zeuge meiner bitteren Erfahrungen mit ihm wurde. Diese Wahrheit hatte sie absichtlich übersehen. Klar wie Kloßbrühe. Sie hatte seine positiven Argumente hautnah miterlebt."

„Was für ein schändliches Spiel!"

„Keine Ahnung auf wen die Wut größer ist. Zutiefst traf mich der bittere Umstand, dass ausgerechnet meine Mutter das Vertrauen missbraucht hat. Ich habe eingesehen, dass ihre Seitensprünge nicht bei ihm aufhörten. Vater hat mir gestanden, dass sie noch mit zwei oder drei anderen Mackern, darunter findet man sogar Geschäftspartner von ihm, das Bett geteilt hat."

„So ein Miststück! Entschuldige meine Ausdrucksweise."

„Ist okay. Ich habe beschlossen, jeglichen Kontakt zu ihr abzubrechen. Mein Vater hat die Konsequenzen daraus ebenfalls gezogen und sie verlassen."

„Dann bist du mit ihm in Verbindung?"

„Genau. Aber mit Dorothea nicht. Das ist vorbei. Mein Bruder bemüht sich nach wie vor, dass ich die Meinung ändere, doch ich verweigere mich. Es wäre, als würde ich die eigene Wahrheit verleugnen."

„Und was ist mit ihr und Holger?"

„Er hat das Minenfeld geräumt."

„Schiefgelaufen, für deine Mutter."

„Sie hat für diesen Fehltritt ihren Familienkreis riskiert und letztendlich alles eingebüßt. Ein teurer Tribut, doch mein Mitgefühl hält sich in Grenzen."

Julia war erleichtert, dass Brigitte es vermied, weiter in die Tiefe des schwierigen Themas zu tauchen.

„Hast du Freitagabend schon was los?", wendete Brigitte das Thema ab.

„Ehrlich gesagt, keine Pläne. Was hast du im Sinn?"

„Am Freitag steigt ein Fest."

„Was für eins?"

Brigitte schaute sie mit hochgezogenen Schultern und einem Ausdruck der Verwirrung im Gesicht an. „Stimmt! Das weißt du nicht. Ich kläre dich darüber auf. Am Freitag lässt Cremaut-Prints wieder mal groß auftrumpfen. Die traditionelle Frühlingsparty im Konzerthaus auf der Terrasse. Ein echtes Spektakel." Brigittes Vorfreude war mit jedem Wort greifbar. „Sie geizen mit nichts. Gourmetküche und Spitzenbands sind das Programm. Mein Highlight des Jahres!"

„Und warum führt das Cremaut-Prints durch?"

„Keine Ahnung. Ich habe einmal gehört, dass das auf den früheren Inhaber der Firma zurückzuführen ist. Dem Vater unseres Senior-Chefs. Er hat die Party für die Bevölkerung ins Leben gerufen. Anfänglich zielte das Event einzig und allein auf Publicity ab. Aber mittlerweile ist dort jedes Mal die Hölle los. Sehen und gesehen werden."

„Dazu fehlt mir die Lust", offenbarte Julia zögerlich. „Ist das nicht ein verflochtenes Treiben dort?"

„Nein, überhaupt nicht! Du wirst sehen. Also, was ziehen wir an?"

„Mein Kleiderschrank ist echt nicht auf solche Anlässe vorbereitet", bemerkte sie und hob resigniert die Schultern.

„Dann ziehen wir morgen durch die Altstadt und shoppen, bis die Sohlen qualmen."

Julia war im Begriff einen weiteren Einwand zu geben, aber Brigitte winkte ab.

„Keine Widerrede! Wir klappern sämtliche Modehäuser ab. Es wäre doch gelacht, wenn wir für dich nicht das passende Outfit finden. Bei dieser Gelegenheit zeige ich dir gleich mein Stammlokal. Dort arbeitet der heißeste Barkeeper der Stadt."

„Du bist einmalig, Brigitte!", sagte Julia schmunzelnd. Die Vorstellung von einer aufmunternden Shoppingtour mit einer Prise Lokalkolorit klang gar nicht so übel. Inmitten des Chaos der letzten Zeit erschien ihr der Gedanke an ein wenig Alltäglichkeit und Sorglosigkeit besonders verlockend. „Einverstanden. Aber nur unter einer Bedingung", ergänzte sie und hob einen Finger, als ob sie gleich einen entscheidenden Pakt besiegeln würde.

„Und die wäre?", fragte Brigitte amüsiert.

„Ich bestaune den Barkeeper, aber das Flirten übernimmst du. Ich brauche eine Pause von all dem", meinte Julia halb im Scherz, halb im Ernst. Brigitte lachte auf. „Abgemacht! Aber ich warne dich, er ist eine Augenweide. Ich übernehme brav die ganze Flirtarbeit, Ehrenwort!" Sie hob ihr Glas und Julia stieß erneut mit ihr an, diesmal weniger zögernd.

Am nächsten Morgen frühstückten die beiden Frauen ausgiebig und schon bald darauf fanden sie sich schlendernd zwischen den historischen Gebäuden der Altstadt wieder. Brigitte führte ihre Begleitung von einem eleganten Boutiqueschaufenster zum nächsten und trotz ihrer anfänglichen Zurückhaltung bereitete Julia das Anprobieren verschiedener Kleider und Schuhe Freude.

Nach etlichen Stunden, unzähligen Kleidungsstücken und einem zunehmend schwereren Einkaufstaschen-Ensemble, standen sie vor einem großen Spiegel in einer exquisiten Boutique. Julia drehte sich in dem smaragdgrünen Cocktailkleid, das ihre Figur sanft umschmeichelte und ihre Augenfarbe perfekt zur Geltung brachte.

„Das ist es!", rief Brigitte aus und klatschte freudig in die Hände. „Du siehst umwerfend aus, Julia. Das Kleid ist wie für dich genäht."

Julia betrachtete sich kritisch, bevor ein zufriedenes Lächeln ihre Züge erhellte. „Du hast recht. Ich habe völlig vergessen, dass mir Shopping so Spaß macht, oder dass ich in so etwas so ... lebendig aussehen würde."

Mit dem perfekten Outfit für die Frühlingsparty sicher verstaut, schlenderten die beiden weiter, bis sie Brigittes Stammlokal erreichten.

Die Atmosphäre im Inneren war gemütlich und die warme Einrichtung verlieh dem Lokal eine anziehende Aura. In einer Ecke des Raumes erblickte Julia den Barkeeper, an dem ein achtloses Vorbeischauen unmöglich war. Brigitte hatte mit keinem Wort übertrieben. Er zog jeden mit seiner Ausstrahlung und dem selbstsicheren Lächeln in den Bann.

Doch trotz seiner Attraktivität hatte Julia kein Verlangen, ihre erzwungene Beziehungspause zu unterbrechen. Sie war hier, um mit einer neuen Freundin eine unbeschwerte Zeit zu haben, und das würde sie in vollen Zügen genießen.

Zu Julias Überraschung entpuppte sich der gutaussehende Barkeeper als versierter Kenner der Literatur und als Brigitte sie für einen Augenblick allein ließ, vertiefte sich Julia in eine angeregte Buchdiskussion, vergaß dabei ihre Vorsätze, nicht zu flirten.

„Du bist demnach eine Büchersüchtige?", fragte der Barkeeper mit einem wissenden Lächeln.

„Erwischt. Ich bekenne mich schuldig", erwiderte Julia lachend. „An einem Buchladen vorbeizugehen, ohne durch die Regale zu stöbern und einen Haufen Bücher zu kaufen, die ich teilweise nie lesen werde, gibt es bei mir nicht."

„Das klingt, als wärst du mein Spiegelbild. Ich habe zu Hause eine ganze Wand voller ungelesener Schätze. Hast du Lust, mal mit Brigitte reinzuschneien, damit wir zusammen ein paar Bücherperlen auskramen?", bot er an, sein Blick voller verschmitzter Vorfreude.

Julia registrierte, wie die Röte ihr ins Gesicht stieg. Was geschah in diesem Moment in ihr? Bevor sie eine Antwort auf seine Frage fand, kehrte Brigitte zurück, und das Gespräch glitt in eine andere Richtung. Doch der Keim einer neuen Möglichkeit hatte Wurzeln in Julias Gedanken geschlagen. Was war falsch daran, die Tür einen Spalt weit offenzulassen – für neu geknüpfte Freundschaften, Entdeckungen und sogar für die Liebe? Aber das war eine Geschichte für einen anderen Tag.

Tanz des Schicksals

Am darauffolgenden Freitag stießen die beiden Frauen zu einer schon lebhaft feiernden Gesellschaft. Im Raum lag eine heitere Stimmung.
Julia stellte freudig fest, dass der Abend wesentlich ausgelassener war, als sie befürchtet hatte. Begeistert holte sie sich ein Glas Sekt und lehnte sich beobachtend gegen den Tresen und beobachtete die tanzfreudige Menge.
An der großen Fensterfront stehend, die Hände nonchalant in seinen Anzugtaschen, zeigte Steve sein fast schon erotisches Lächeln. Julia wurde klar, weshalb ihm die Frauenherzen im Dominoeffekt zuflogen. Dieser Mann war umwerfend. Eine Welle der Erregung flutete durch sie hindurch. Offenbar bemerkte er ihren Blick und erwiderte ihn mit einem intensiven Augenkontakt. Dabei ließ er seine Augen über ihre zierliche Figur streifen, das smaragdgrüne Kleid, das ihr Dekolleté hervorhob, bevor er sich ihr näherte. Schlagartig beschleunigte sich ihr Herzschlag und sein markanter Duft umfing sie.
„Oh, ein fremdes Gesicht. Wer schenkt mir dieses entzückende Lächeln?"
„Julia Berger."
„Haben wir uns neulich nicht am Kai gesehen?"
„Genau. Ich saß auf einer Bank."
„Stimmt."
Er lächelte, nahm ihre schmale Hand und führte sie auf die Tanzfläche. Als ob das Schicksal ihr zurief, erfüllte ihre bevorzugte Rockballade den Raum, in dem

Moment, da Steve sie sanft doch fordernd näher an sich zog. Bei jeder Berührung durchzog sie ein sinnliches Kribbeln, mit einer Intensität, wie sie es kaum für möglich gehalten hätte.

Ihr Körper reagierte unweigerlich und unter dem zarten Stoff ihrer Bluse zeichneten sich Zeichen ihrer Erregung ab, die Steve nicht entgingen. Subtil verringerte er den Abstand, bis seine Lippen nahe an ihrem Ohr verweilten.

Julias Herz klopfte gegen ihre Brust, als würde es im selben Moment zerspringen. Der Klang der Musik umspülte sie und mit jeder Note schien Steve weniger Abstand zu ihr zu halten. Gefühlvoll umwehte sein Atem ihre Wangen, als er sagte: „Zu jemandem mit deiner Ausstrahlung gehört eine Begegnung, die über ein flüchtiges Treffen an der Kaimauer hinausgeht."

Ein Schauer durchfuhr ihren Körper. Ihre Lippen formten ein leises, fast unsichtbares Lächeln. „Und was schlägst du vor?" Ihre Stimme war kaum mehr als ein Hauch, aber Steve schien an jedem ihrer Worte zu hängen.

Bei den nächsten Takten der Melodie drehte er sie elegant, sodass Julia das Gefühl hatte in einem surrealen Traum gefangen zu sein. Als sie wieder zu ihm kam, sah sie auf in seine tiefen, durchdringenden Augen, die eine Geschichte erzählten, die danach verlangten, entdeckt zu werden. „Ein Dinner zu zweit", sagte er und seine Worte schienen einen unsichtbaren Vertrag zu besiegeln.

Die Nacht war jung und Julia hatte das Gefühl, dass in diesem Moment, umschlungen von Steves starken Armen, die Zeit stehen blieb. Sie nickte zustimmend, ohne ihren Blick abzuwenden. „Ein Dinner zu zweit klingt perfekt."

Umgeben von einem Meer aus unscharfen Lichtern und dem Klang des Gelächters ringsum, schienen nur Steve und Julia zu existieren. Isoliert in einer Blase, in der die Welt jenseits ihrer tänzerischen Rotationen bedeutungslos wurde. Als die Melodie langsam verklang, griffen sie nach dem perfekten Schlussakt ihrer privaten Darbietung. Sie lösten sich allmählich aus ihrer Umarmung, ihre Hände für einen Moment verbunden. Die Realität schlich sich zurück in ihre Blase, das Gemurmel und die Aktivität der Gesellschaft drangen wieder in Julias Bewusstsein.

Steve lächelte ihr zu, dieses Mal ein Lächeln, das gefühlvoller schien. „Ist es okay, wenn ich uns einen Tisch reserviere?", fragte er.

Ein leichtes Nicken kam von Julia, während sie noch von ihren Emotionen umspült wurde. „Das hört sich vielversprechend an, Steve."

Er lehnte sich vor, um ihr einen sanften Kuss auf die Wange zu geben, der mehr versprach, als Worte es könnten. Dann schlenderte er mit der lässigen Eleganz eines Mannes, der sich seines Vorhabens sicher war, zur Bar, um sein Telefon zu zücken.

Julia beobachtete Steve einen Moment lang, dann wandte sie sich ab und gesellte sich zu Brigitte. Obwohl sie lachte und plauderte, ließ sich das Prickeln seiner Berührung auf ihrer Haut nicht abschütteln, und in ihrer Vorfreude auf das Dinner schmiedete sie lebhafte Pläne für den restlichen Abend.

Julia verbrachte den Rest der Party in einer Art Trance, ihre Gedanken immer wieder bei der bevorstehenden Verabredung mit Steve. Brigitte bemerkte ihren verträumten Blick und neckte sie scherzhaft. Doch Julia nahm es mit einem Lächeln hin. Waren Worte in diesem Moment nötig? Sie war betört von einem Mann, den sie kaum kannte. Angetrieben von einer Faszination, die ihren Widerstand brach.

Gegen zehn Uhr verließ sie das Fest. Sie hatte nur ein Ziel: Sich für ihr Dinner mit Steve herauszuputzen. Zuhause angekommen, durchkämmte sie ihren Kleiderschrank nach dem perfekten Outfit. Sie entschied sich für ein schlichtes, aber elegantes schwarzes Kleid, das ihre Figur betonte, und hohe Schuhe, die ihr ein paar zusätzliche Zentimeter an Größe gaben. Während sie vor dem Spiegel stand und ihr seidiges Haar zu einer lässigen Hochsteckfrisur band, klingelte ihr Handy.

Es war eine Nachricht von Steve: „Reserviert im Bella Notte, in dreißig Minuten. Freue mich, dich wiederzusehen."

Ein Lächeln breitete sich auf Julias Gesicht aus. Ihr Herz hüpfte.

Pünktlich betrat sie das elegant beleuchtete Restaurant Bella Notte. Die Kellner waren in schwarz-weiße Uniformen gekleidet. Die Tische mit blütenweißem Leinen bedeckt und zwischen den Gästen plätscherte leise klassische Musik. Steve empfing sie, elegant in einem dunkelblauen Anzug, der seine helle Haut perfekt kontrastierte.

„Du siehst umwerfend aus", begrüßte er sie mit einem warmen Lächeln. Galant half er ihr aus dem Mantel.

„Danke, Steve. Ich gebe dir das Kompliment gerne zurück."

Das Dinner verlief wie in einem Rausch. Sie sprachen über alles – Kunst, Musik, ihre Hoffnungen und Träume. Jedes ausgesprochene Wort ließ ihre Verbundenheit intensiver werden. Es war, als ob eine langjährige Seelenverwandtschaft gerade erst ans Tageslicht getreten wäre.

Als die Teller leer und die Weingläser den letzten Schimmer Rotwein zeigten, sah Steve Julia fest in die Augen. „Julia, ich bin mir bewusst, dass ich möglicherweise zu schnell vorpresche, aber ich fühle mich zu dir hingezogen wie zu keiner anderen Frau zuvor. Deshalb würde ich gerne mehr Zeit mit dir verbringen, dich besser kennenlernen."

Ein ungestümes Hämmern erfüllte Julias Brust, ihre Gefühlswelt stand Kopf. Leise erwiderte sie: „Das ist auch mein Wunsch." Ein Gefühl von Befreiung und Vorfreude breitete sich in ihr aus. Dieser Abend läutete eine unvorhergesehene Wende ein.

Ihnen war klar, dass in diesem Moment etwas Bedeutsames seinen Anfang fand. Nachdem sie das Restaurant verlassen hatten, spazierten sie eng umschlungen durch die Straßen, bis sie an Julias Haustür ankamen. Dort drehte Steve sie zu sich. Er schaute in ihre Augen. Ohne ein weiteres Wort zu verlieren, zog er sie sanft an sich und küsste sie. Ein langer, zärtlicher Kuss, der keine Fragen offenließ.

„Träum süß, Julia", flüsterte er und zog sich langsam zurück. „Morgen melde ich mich bei dir."

„Gute Nacht, Steve", hauchte sie, bevor sie im Haus

verschwand. Den Kopf mit Fragen gefüllt, ihr Herz voller Hoffnung und ihre Lippen warm von seinem Kuss.

Julia wachte am nächsten Morgen auf, ihre Gefühle wirbelnd wie Blätter im Herbstwind. Die Ereignisse der vorherigen Nacht zogen wie ein Film vor ihrem inneren Auge vorbei. Nie zuvor hatte sie jemanden getroffen, der eine solche Anziehungskraft auf sie ausgeübt hatte wie Steve. Sie lächelte beim Gedanken an seinen Kuss und die Worte, die er ihr zum Abschied zugeflüstert hatte.

Während sie gedankenversunken im Meer der Erinnerungen segelte, surrte das Handy auf ihrem Nachttisch. Schnell ergriff sie es und ihr Lächeln wurde breiter. Erwartungsvoll las sie Steves Nachricht: „Mein Schatz. Hoffentlich hast du herrlich geträumt. Ich zähle die Minuten, bis ich dich sehe. Was hältst du von einer Runde im Park heute Nachmittag?"

Sie tippte hastig zurück: „Hey Steve, ein Spaziergang? Perfekt, ich bin dabei. Darüber freue ich mich. Nenn mir eine Zeit und ich bin da."

Die Stunden bis zu ihrer Verabredung schienen sich endlos dahinzuziehen. Julia versuchte sich mit Lesen und einer leichten Morgenroutine abzulenken. Doch immer wieder kehrten ihre Gedanken zu Steve zurück. Endlich war es früher Nachmittag. Sie zog sich ein paar bequeme, aber stilvolle Schuhe und ein legeres, frühlingshaftes Outfit an, bevor sie aufbrach. Steve wartete neben dem alten Eingangstor des Parks, der von prachtvollen goldenen und roten Blättern eingerahmt war.

Seine Mundwinkel hoben sich in einem feinen Lächeln und Julias Herz wurde bei seiner Umarmung mit einer Welle vertrauter Zuneigung überschwemmt. Sie begrüßten sich mit einem sanften Kuss und Julia bemerkte, dass er heute ein wenig lässiger gekleidet war in einer Skinny Jeans und einer weichen Lederjacke.

Der Park war belebt mit Familien, die den sonnigen Frühlingstag genossen, und Hunden, die vergnügt im Laub herumsprangen. Sie schlenderten langsam die Wege entlang, wobei Steve die Gelegenheit nutzte, Julia mehr über sich zu erzählen: Von seiner Arbeit, seiner Familie und den kleinen Dingen, die ihn im Leben begeisterten. Gebannt lauschte sie seinen Worten und empfand eine tiefe Geborgenheit, wenn sie bei ihm war.

Sie kamen an einem abgelegenen Teich vorbei, in dem die Enten gemächlich umherschwammen und setzten sich auf eine nahe gelegene Bank. Die Sonne wärmte ihre Gesichter. In diesem Moment schienen alle Barrikaden zu fallen. Julia teilte ihre eigenen Träume und Ängste mit Steve. Etwas, was sie sonst selten so schnell über die Lippen brachte.

Die Gespräche flossen mühelos und sie lachten zusammen, bis die Sonne sich dem Horizont zuneigte und das Wasser des Teiches in einem sanften Orange erstrahlen ließ. Das Pfirsichfarbene des Sonnenuntergangs tauchte die Welt in warme Töne. Die Romantik des Augenblicks vertiefte sich, als Steve zärtlich Julias Hand ergriff.

„Ich habe das Gefühl, als ob wir uns schon ewig kennen, Julia", sagte er leise. Die Zärtlichkeit in seiner Stimme war unverkennbar.

„Ich fühle genauso", stimmte Julia zu, ihren Blick von den Tieren im Wasser zu seinem Gesicht wendend.

„In deiner Nähe zu sein, ist alles, was ich mir wünsche."

Beide schwiegen einen Moment, da Worte nicht nötig waren, um das Gefühl der Nähe und Zuneigung auszudrücken, dass sie teilten. Die Dämmerung legte sich über den See. Sie erhoben sich von der Bank und marschierten langsam zurück. Den Weg, den sie gekommen waren, nur, dass sie diesmal als ein Paar zurückgingen, verbunden durch eine unvorhergesehene, aber tiefe Vertrautheit.

Bevor sie sich trennten, versprach Steve erneut anzurufen, um ein weiteres Treffen zu planen. Julia versicherte ihm, dass sie mit Vorfreude darauf warten würde. Mit einem Kuss, der wie ein Funke Magie wirkte, sagten sie adieu. Ein Prickeln durchzog Julias Körper, als sie realisierte, dass ein neuer und unerforschter Lebensabschnitt vor ihr lag.

Das Geständnis

In der Villa der Cremauts saßen alle in der Küche am großen Esstisch. Da waren die Eltern Charles und Catherine, Steve und sein Bruder Robert mit seiner schwangeren Frau Paula. Catherine hatte darauf bestanden, dass sich die Familie wieder einmal zu einem gemeinsamen Abendessen traf.

Steve blätterte in der Tageszeitung und betrachtete das Inserat mit dem weißen Sportwagen, der in den nächsten Wochen auf den Automarkt kommen würde.

„Das wäre mal ein schnittiger Flitzer." Er tippte mit dem Zeigefinger auf das Bild und streckte die Illustrierte seinem Vater hin.

„Nicht übel. Der würde Viktoria bestimmt gefallen." Er schaute Steve in die Augen. „Ich habe sie übrigens heute zufällig in der Stadt getroffen. Sie sagte mir, dass du dich schon länger nicht mehr gemeldet hast. Warum?"

„Warum was?" Steve war es merklich unangenehm, vor seinem Bruder und Paula wegen Liebesdingen in die Mangel genommen zu werden. Außerdem war er in Gedanken woanders. In seiner Erinnerung formten sich Bilder von Julia und ihrem gemeinsamen Nachmittag am Teich.

Ihr Lächeln drängte sich immer wieder in sein Gedächtnis.

„Junior! Hallo! Wo bist du mit deinen Gedanken?"

Jäh wurde Steve aus seinen Erinnerungen gerissen. „Was ist, Vater?"

„Du fragst, was ist? Du bist lustig. Ich unterhalte mich schon die ganze Zeit mit dir und du bist geistig völlig abwesend." Charles Cremaut schüttelte den Kopf. „Du benimmst dich wie ein frisch verliebter Schuljunge."

„Bist du es?", hakte Paula aufgeregt nach, in der Hoffnung auf eine Neuigkeit.

Steve mimte den Ahnungslosen. „Ich verstehe nicht. Was genau meinst du?"

„Na was schon. Verliebt. Bist du es?"

„Vielleicht."

„Wurde allmählich Zeit." Charles' Gesicht erhellte sich. „Dann melde dich endlich bei Viktoria. Zaudere nicht länger und handle. Du weißt, was ich von dir erwarte."

„Wie stehts denn überhaupt mit deinem Projekt? Du hattest doch letztens dieses wichtige Meeting." Catherine lenkte das Gespräch auf Steves Berufsleben, um die aufgeladene Stimmung etwas zu entspannen.

Steve seufzte dankbar für den Themenwechsel. „Es sieht vielversprechend aus. Ich habe mein Konzept vorgestellt und die Resonanz war positiv." Ein zufriedenes Lächeln breitete sich auf seinen Lippen aus, als er sich entspannt zurücklehnte und die Gedanken an den erfolgreichen Bürotag ihn durchfluteten.

„Das freut mich zu hören", entgegnete Robert und hob sein Wasserglas in eine Art nicht-alkoholischem Toast. „Auf den geschäftlichen Erfolg."

Alle hoben ihre Gläser und ein klangvolles „Prost!" erfüllte den Raum. Für einen Moment vergaßen sie die unangenehmen Unterhaltungen und genossen entspannt den gemeinsamen Abend.

Paula, die die ganze Zeit über ihre Rundungen gestreichelt hatte, schaute strahlend in die Runde. „Ich hatte heute einen Termin beim Arzt. Es wird ein Junge." Ihre Augen leuchteten vor freudiger Erwartung.

„Wie ich es mir gewünscht habe!", jubelte Catherine. „Ein kleiner Prinz kommt ins Cremaut Haus."

Jeder im Raum spendete Beifall. Doch Steve schien geistig abwesend zu sein. Seine Gedanken kreisten unablässig um Julia, deren Sichtweise auf die Welt, ihn wie ein Bann gefangen hielt. Obwohl seine Karriere von Erfolg dominiert, empfand er tief in sich eine Leere, die auf etwas Unbenanntes hindeutete.

Als das Gespräch weiter auf Babynamen und Kindergartenpläne überging, nahm Steve all seinen Mut zusammen.

„Ich habe etwas bekannt zu geben", unterbrach er die Diskussion, und alle Augen richteten sich auf ihn. „Es handelt sich nicht um Viktoria. Ich ... ich habe jemanden kennengelernt."

Ein kollektives Einatmen war zu hören. Charles' Gesicht verlor an Farbe. Catherine drückte instinktiv seine Hand.

„Ihr Name ist Julia. Und sie ist ... sie ist anders." Steve fand es schwierig, auszudrücken, was er in ihrer Nähe empfand. „Ich habe mich verliebt. Seit ich sie kenne, sind in mir Gefühle, wie ich sie früher nie gekannt hatte."

„Aber was ist mit Viktoria?", warf Charles ein, besorgt um das prestigeträchtige Zusammenkommen.

„Viktoria ist ... Sie ist eine bezaubernde und erfolgreiche Frau, aber meine Gefühle für Julia – sie lassen sich nicht ignorieren." Steve entschied sich mutig, ehrlich zu seiner Familie zu sein.

Ein Moment der Stille folgte, während jeder versuchte, das Gehörte einzuordnen. Paula war die Erste, die das Schweigen brach. „Liebe ist das Wichtigste, Steve. Wenn dein Herz für diese Julia schlägt, rate ich dir, ihm zu folgen."

„Was ist das für ein Schwachsinn? Hast du jetzt völlig deinen Verstand verloren?" Charles' Gesichtsausdruck verhärtete sich. „Woher kommt auf einmal diese launenhafte Idee von dir? Wir waren uns doch darüber einig, dass Viktoria an deine Seite gehört."

„Du hast das so entschieden, Vater. Ich nicht. Das Herz diktiert mir einen anderen Weg."

„Quatsch. Ich habe genug gehört. Mein Entschluss ist endgültig. Du heiratest Viktoria."

Die angespannte Stimmung im Raum war fast greifbar, als Charles Cremaut sich abrupt erhob und aus dem Zimmer stürmte, gefolgt von einem traurigen Blick seiner Frau. Robert schüttelte nur den Kopf und fixierte Steve, der eine Mischung aus Mitleid und Missbilligung ausstrahlte. Paula hingegen, immer noch mit einer Hand auf ihrem Bauch, lächelte ihrem Schwager ermutigend zu.

Steve saß wie erstarrt da, ungläubig über die Schärfe des Konflikts, den er unabsichtlich ausgelöst hatte. Catherine, die ihm mit einer fürsorglichen Miene gegenübersaß, streckte ihre Hand über den Tisch und legte sie beruhigend auf seine.

„Steve, dein Vater …", sie stockte und suchte nach den richtigen Worten, „er braucht etwas Zeit, um das zu verstehen. Hab' Geduld. Er liebt dich und wünscht sich nur das Beste für seine Kinder, auch wenn seine Vorstellungen manchmal festgefahren sind."

Mit einem leisen Nicken drehte Steve sich Paula zu, die einfühlsam sprach: „Weißt du, manchmal stößt man bei der Familie auf Widerstand, das passiert. Aber vergiss nicht, dass du ein Recht darauf hast, deinem Innersten zu folgen. Und wenn es Julia ist, die dir dieses Gefühl gibt, lohnt es sich, dich für eure Liebe zu entscheiden."

Eine sanfte Regung zeichnete sich in Roberts Gesicht ab.

„Es bringt nichts, wenn du dich zu etwas zwingst, das nicht glücklich macht, Bruder. Doch bedenke, dass du damit einen Kampf nicht nur gegen unseren Vater, sondern auch gegen zahlreiche Erwartungshaltungen führst. Der Weg wird steinig sein."

Steve schluckte schwer. „Ich bin mir im Klaren, dass meine Entscheidung Konsequenzen mit sich bringt. Aber bei Julia fühle ich, was mir all die Jahre bei Viktoria vorenthalten blieb. Ich bin verpflichtet, ehrlich zu sein, selbst wenn es bedeutet, gegen Traditionen und Erwartungen zu kämpfen."

Die Küche füllte sich mit einem stillen Verständnis. Catherine nickte ihm zu, ein Ausdruck von Mitgefühl und Sorge gleichermaßen in ihren Augen. „Dann tu das, was du für angemessen hältst. Wir werden immer hier sein, egal, wie stürmisch es wird."

„Danke, Mutter. Ich hoffe, dass ihr alle Julia bald kennenlernen werdet und seht, was ich in ihr sehe." Steve erhob sich, den Entschluss in seinen Augen klar und fest. „Ich gehe jetzt besser, um Vater etwas Raum zu geben."

„Er wird sich beruhigen", versicherte Catherine.

Steve nickte und verließ den Raum, um sich den Herausforderungen zu stellen, die vor ihm lagen.

Der Abend verstrich und während in der Villa ein bisher unbekanntes Gefühl der Unsicherheit herrschte, bereitete sich Steve darauf vor, mit offenem Herzen in eine ungewisse Zukunft zu schreiten.

Steve trat aus der Villa, die warmen Lichter der Küche hinter sich lassend. Die Tür fiel mit einem gedämpften Klang ins Schloss. Die Nacht hatte sich über die Landschaft gelegt und der Himmel erstrahlte in einem satten Indigo, gesprenkelt mit dem Glänzen weit entfernter Sterne. Er atmete tief die frische Abendluft ein und nahm ein Gefühl der Freiheit in sich wahr, dass sich mit der Schwere des eben Geschehenen vermischte.

Mit jedem Schritt über den Kieselweg, der durch den üppigen Garten führte, hallten die Gesprächsfetzen des Abendessens in seinem Kopf wider. Sein Vater, die scharfen Worte, die unverhohlene Enttäuschung. Die familiären Erwartungen lasteten schwer auf Steves Schultern.

Dennoch empfand er eine befreiende Erleichterung. Seine Worte sprachen die Wahrheit. Es gab kein Zurück mehr. Er holte sein Smartphone aus der Jackentasche und entsperrte den Bildschirm. Zuerst zögerte er, aber dann wählte er die Nummer, die mittlerweile vertraut und doch voller neuer Versprechungen war. Julia drängte sich immer wieder in seine Gedanken und es war an der Zeit, dass er ihr seine Gefühle offenbarte.

Das Freizeichen ertönte dreimal, bevor eine warme Stimme am anderen Ende der Leitung antwortete. „Steve? Das ist eine Überraschung. Ist alles okay bei dir?"

„Hallo, Julia. Alles in bester Ordnung, danke. Ich … ich würde gerne mit dir sprechen." Seine Stimme brach leicht. Er atmete tief durch, um seine Nervosität zu beruhigen.

„Klar, ich höre dir zu. Bist du sicher, dass alles in Ordnung ist?", fragte sie, ihre Stimme von Sorge gefärbt.

„Ja, das ist es. Ich habe dir etwas mitzuteilen, was mir wichtig ist."

„Okay. Wo treffen wir uns?" Ihre Stimme klang offen und einladend.

„Es ist zwar schon spät. Bist du einverstanden, wenn ich trotzdem zu dir komme? Jetzt?" Steve schaute zum nächtlichen Himmel auf, suchte dort nach Mut.

„Sicher. Ich bereite uns etwas zu trinken vor und dann setzen wir uns in den Garten."

„Ich komme gleich." Steve legte auf, ein Gefühl der Dringlichkeit in seinen Bewegungen.

Er lief zum Auto und stellte sich auf das bevorstehende Gespräch ein. Wie würde Julia reagieren? Sie hatten beide längst erkannt, dass es zwischen ihnen funkte, aber an diesem Abend würde es real werden. Er würde ihr seine Gefühle gestehen und damit einen neuen Weg in seinem Leben einschlagen.

Als er im Wagen saß und den Zündschlüssel drehte, überkam ihn eine Welle der Entschlossenheit. Er passierte das Tor und nahm Kurs auf Julias Adresse.

In einer Dauerschleife wirbelten ihm die Worte seiner

Mutter durch den Kopf. „Wir werden immer hier sein, egal, wie stürmisch es wird."

Er erreichte Julias Zuhause, umgeben von einem blühenden Garten. Es sah einladend aus, sogar in der Dunkelheit, mit sanftem Licht, das durch die Fenster schimmerte. Steve stieg aus, lief zur Tür und klopfte.

Nur ein paar Augenblicke später öffnete Julia die Tür. Sie trug einen kuscheligen Pullover und ihre Augen strahlten im Licht der hinter ihr stehenden Lampe.

„Hallo, Steve", begrüßte sie ihn und ein sanftes Lächeln spielte um ihre Lippen.

„Hallo, Julia." Er trat ein und sie führte ihn zum Garten, wo eine gemütliche Sitzecke auf sie wartete.

Sie setzten sich und zwischen ihnen stand eine Kanne Tee, umgeben von dem Duft von frischen Kräutern und der kühlen Nachtluft.

„Ich habe dir etwas mitzuteilen", eröffnete Steve, seine Stimme fest, sein Blick tief in ihre Augen verankert. „Ich …"

Julia setzte vorsichtig ihren Finger an seine Lippen.

„Betrifft es uns beide?", erkundigte sie sich gelassen, aber ein leises Aufleuchten der Spannung war in ihren Augen nicht zu übersehen.

Ein stummes Nicken war seine Antwort, bevor er zärtlich ihre Finger umschloss und ansetzte, der Geliebten, die sein Herz gefangen hielt, sein Innerstes zu offenbaren.

Julia sah ihm tief in die Augen, die Stille nur durch das summende Konzert einer spätsommerlichen Nacht unterbrochen. „Ich höre", sagte sie leise, ihre Worte eine sanfte Einladung, weiterzusprechen.

Steve sog die nächtliche Kühle ein, fühlte ihr zartes Spiel auf seiner Haut und ließ sich Zeit, die richtigen Worte zu finden. „Julia, es ist nicht nur das heute Abend. Seit ich dich kennengelernt habe, hat sich alles verändert. Die Art, wie du die Welt siehst, wie du lachst, wie du in Momenten innehältst, um das Leben um dich herum zu genießen … es ist ansteckend."

Es huschte ein mildes Lächeln über ihre Züge. „Das klingt … erfreulich, aber was verleiht ihm diesen düsteren Unterton?"

„Weil es ernst ist. Ich war heute bei einem Familienessen und es platzte aus mir heraus. Ich habe gesagt, dass ich jemanden kennengelernt habe und verliebt bin."

Julia legte ihren Kopf leicht schief, eine Mischung aus Überraschung und Glück in ihrem Blick. „Du hast von uns gesprochen? Vor deiner Familie?"

„Ja, die ganze Geschichte hat ordentlich Staub aufgewirbelt. Besonders bei Charles. Er hatte andere Vorstellungen für meine Zukunft … hatte er. Sei es, wie es ist. Mittlerweile ist mir das gleichgültig."

„Und wie fühlst du dich dabei?", fragte sie, als würde sie genau wissen, dass er manchmal gegen seine eigenen Dämonen ankämpft.

„Befreit. Und gleichzeitig besorgt. Ich habe Angst, dass ich dich in diese Spannungen mit hineinziehe." Steve sah in ihren Augen die gleiche Sorge, aber eine Entschlossenheit, die ihm neuen Mut gab.

„Steve", Julia nahm seine Hand fester in ihre, „wenn das hier zwischen uns echt ist – und alles in mir sagt, dass es das ist – dann sind das Risiken, die wir gemeinsam tragen werden. Deine Familie wird mit der Zeit verstehen. Und wenn nicht, haben wir immer noch uns."

Steve war überrascht, wie viel Kraft ihm ihre Worte verliehen. „Ich hatte gehofft, dass du das sagst."

Sie lachte leise, ein Klang, der für ihn schon Melodie geworden war. „Ich habe eine Idee", sagte sie. „Lass es uns langsam angehen und sicherstellen, dass du dich dabei wohlfühlst. Wir nehmen uns Zeit, uns kennenzulernen, und wenn der richtige Moment gekommen ist, zeigst du mir deine Welt – und ich dir die meine."

„Das klingt perfekt." Steve war es, als ob ein Felsbrocken von seinen Schultern fiel. „Julia, ich bin so froh, dass ich dich gefunden habe."

„Ich auch, Steve. Ich auch."

Die beiden lehnten sich zurück und sahen zu, wie der nächtliche Himmel zu einem Theater aus Sternen wurde. Umgeben von dieser erhabenen Stille, ihre Hand in der seinen, erkannte Steve, dass der eingeschlagene Pfad der richtige war. Die Zukunft lag ungewiss vor ihnen – aber er war bereit, sie anzutreten mit Julia an seiner Seite.

Zwischen Versprechen und Wahrheit

Schlaftrunken drückte Steve den Knopf seines vibrierenden Handys.

„Guten Morgen."

Steve zuckte zusammen. Er war auf die Stimme am anderen Ende nicht vorbereitet. „Hallo, Viktoria."

„Ich bin fast schon etwas überrascht, dass du dich an mich erinnerst. Was ist los mit dir?"

Steve rieb sich die Augen und ließ sich schwerfällig in die Kissen zurückfallen. „Es ist noch früh, Viktoria. Oder zumindest empfinde ich es so. Mein Gehirn muss erst hochfahren." Seine Stimme klang belegt und er erahnte das Missfallen in Viktorias Schweigen.

„Es ist fast zehn Uhr, Liebling. Die Allgemeinheit sieht das kaum als früh an", erwiderte sie mit einem leichten Tadel in ihrer Stimme. „Egal, ich rufe nicht an, um dich zu schikanieren. Erinnerst du dich an unser Projekt?"

„Natürlich erinnere ich mich."

„Warum meldest du dich nicht mehr?"

„Ich habe momentan allerlei um die Ohren."

„Ich war heute Vormittag in der Villa. Stimmt es, was mir deine Mutter gesagt hat? Du hast eine andere?"

Der Knoten in Steves Magen erhärtete sich immer mehr. Das Letzte, was er wollte, war, Viktoria zu kompromittieren. Schon gar nicht jetzt, wo seine Welt kopfstand.

„Das ist nicht …", stammelte er und versuchte, die Worte zu finden. „Es ist kompliziert, Viktoria."

„Und was bedeutet das für uns?" Ihre Worte klangen gelassen und doch vernahm Steve den feinen Hauch von Unruhe darin. Sie seufzte hörbar. „Steve, du weißt, dass du mir die Ehe versprochen hast."

Er richtete sich auf und schwang seine Beine aus dem Bett.

„Ich bin jetzt wach. Gib mir eine Stunde, dann bin ich bei dir und wir reden darüber. Okay?"

Viktoria zögerte, bevor sie antwortete. „In Ordnung." Sie brach ab und seufzte abermals.

„Wir werden über alles reden."

„Ja. Bis gleich."

Nachdem das Display schwarz wurde und der Anruf beendet war, fiel Steves Smartphone neben ihm auf die Decke. Worte zu finden, die alles erklären könnten, schien ihm in diesem Moment nahezu unmöglich. Nicht nur mit Viktoria, sondern mit sich selbst.

Er atmete tief durch und stand auf, entschlossen, sich den Herausforderungen des Tages zu stellen – seinem Projekt, seiner neuen Beziehung und den unausweichlichen Fragen, die auf ihn warteten.

Auf Steves Klingeln riss Viktoria ruckartig die Türe auf.

„Komm rein!"

Er schritt ins Wohnzimmer und blieb abrupt stehen. Am Esstisch saß Charles. Seine versteinerte Miene sprach ungehörte Worte.

„Du hast sicher Verständnis, dass ich deinen Vater ebenfalls zu unserem Gespräch eingeladen habe."

Steves Puls beschleunigte sich und ein kalter Schauer lief seinen Rücken hinunter. Charles war ein Mann von

Prinzipien, dessen Ausstrahlung allein ausreichte, um eine klare Botschaft zu senden: Versprechungen bricht man nicht.

„Gewiss", seine Stimme zitterte. Er hatte Respekt vor Charles und ihm war klar, dass er jetzt nicht nur seine Verlobte von seinen Absichten überzeugen musste.

Viktoria wies auf einen freien Stuhl neben seinem Vater.

„Setz dich und lass uns anfangen." Ihre Stimme ließ keinen Raum für Widerspruch.

Mit einem festen Ausdruck nahm Steve Platz und sah seinen Vater unverwandt an. Das Stillschweigen war erdrückend. Spannung durchzog den Raum, die fast greifbar war. Charles beugte sich vor, verschränkte seine Hände und eröffnete das Gespräch.

„Steve, du weißt, wie wichtig mir das Glück meiner Kinder ist. Aber Viktoria hat dir vertraut. Euch beiden stand eine gemeinsame Zukunft bevor." Er unterstrich seine Worte mit einer ausgedehnten Pause. „Was genau hat sich geändert?"

Die Frage war simpel und doch so komplex. Steve rang nach den richtigen Worten. „Vater, Viktoria, nichts davon habe ich beabsichtigt. Die Begegnung mit …", er stockte, „mit dieser Person hat alles verändert. Ich habe nie absichtlich jemanden verletzt. Es war nie meine Intention, ein gebrochenes Versprechen zu hinterlassen." Charles nickte langsam. Enttäuschung lag in seinen Augen.

„Begreifst du, dass Intentionen allein nicht ausreichen?"

„Ja, das verstehe ich." Steve schluckte. Sein Bein

wippte im Takt seiner Anspannung. „Es ist mir wichtig, fair zu sein. Ich habe nicht die Absicht, euch hinzuhalten. Ich bin hier, um Verantwortung zu übernehmen."

Viktoria, die bisher still zugehört hatte, meldete sich zu Wort. „Und was bedeutet das konkret, Steve? Für uns alle?"

Steve kam sich vor, als säße er auf der Anklagebank. „Es bedeutet, dass wir, dass ich ... unsere Verlobung auflöse."

Die Worte schmeckten bitter auf seiner Zunge, aber es war an der Zeit, sie auszusprechen.

Ein Ausdruck tiefen Schmerzes überzog Viktorias Gesicht. Sie senkte den Blick. Charles behielt seine strenge Miene bei.

„Diesen Schritt hättest du dir vorher überlegen müssen. Ich akzeptiere ein solches Verhalten nicht. Ich bestehe darauf, dass du Viktoria heiratest."

„Vater, ich verstehe deine Enttäuschung und ich respektiere Viktorias Gefühle und die der Familie", Steve räusperte sich nervös. Die Stimmung im Raum verdichtete sich. „Aber es ist an der Zeit, dass ich aufrichtig bin zu Viktoria und zu mir selbst. Die Ehe mit jemandem einzugehen, während mein Herz einem anderen Menschen gehört, ist falsch."

Charles' Stirn legte sich in Falten und seine Stimme nahm einen ernsten, tiefen Klang an. „Steve, wahrhaftig zu sein bedeutet viel, aber nicht alles. Du hast einer jungen Frau die Ehe versprochen und du hast unserer Familie dein Wort gegeben. Wo bleibt deine Loyalität zu diesen Versprechen und deine Verbindlichkeit gegenüber Viktoria?"

„Wie schon erwähnt, tut es mir leid, dass ich in eine Situation gekommen bin, in der diese Versprechen gebrochen wurden", gab Steve zu und rang nach der Kraft, sich Charles' autoritärem Auftreten entgegenzustellen. „Aber ist es nicht eine größere Verantwortung, aufrichtig zu sein und nicht aus Pflichtgefühl eine Bindung einzugehen, die von Anfang an zum Scheitern verurteilt ist?"

Das Familienoberhaupt lehnte sich zurück und sein Blick wurde stechender. „Du sprichst von Aufrichtigkeit, als wäre sie ein Freibrief dafür, nach deinem Gutdünken zu handeln. Hast du je darüber nachgedacht, wie viel Schmerz du anrichtest?"

Steve nickte stumm, seine Kehle zugeschnürt.

„Jeden Tag."

„Du sagst, du seist hier, um Verantwortung zu übernehmen", fuhr Charles fort, „aber im Grunde weichst du den Verpflichtungen aus. Was macht dich so sicher, dass deine neue Beziehung Bestand haben wird? Was, wenn du wieder fliehst?"

„Ich fliehe nicht", erwiderte Steve, seine eigene Stimmlage erhöhend, um seiner Entschlossenheit Nachdruck zu verleihen. „Ich stelle mich der Realität. Es wäre unfair und unvernünftig, eine Ehe einzugehen, deren Grundlage ein Fehler ist."

Charles schüttelte den Kopf, ungerührt von Steves Worten. „Verlobungen und Ehen sind nicht nur private Angelegenheiten. Sie sind Verbindungen zwischen Familien, gegenseitige Verpflichtungen. Du ziehst nicht nur dich zurück, sondern zerstörst das, was wir aufgebaut haben."

„Die Vergangenheit lässt sich nicht ausradieren, aber die Zukunft ist planbar", sagte Steve mit einer Mischung aus Entschiedenheit und Bedauern. „Ich schulde es Viktoria, ehrlich zu sein. Eine Ehe, gegründet auf einer Lüge, ist keine Basis für Glück."

Es herrschte eine gespannte Stille, bis Viktoria sich mit zitternder Stimme einmischte. „Steve, ich werde mit allen Mitteln um dich kämpfen. Ich liebe dich zu sehr, als dass ich uns kampflos aufgebe."

Charles sah Viktoria an. Seine Miene weichend, aber als er sich wieder Steve zuwandte, war seine Entschlossenheit zurück. „Du hast vielleicht deine Entscheidung getroffen, aber du wirst mit den Konsequenzen leben müssen. Ich akzeptiere nicht, was du hier anrichtest, und ich werde sicherstellen, dass unsere Familie daraus die Lehren zieht. Ich werde niemals eine andere Frau an deiner Seite anerkennen."

Steve nickte. Der unangenehme Nachgeschmack der Meinungsverschiedenheit hing in seinem Mund. „Das ist ein Recht, das ich dir nicht absprechen kann. Genauso werde ich die Auswirkungen meiner Wahl übernehmen und verstehe dies als meinen Anteil an der zu tragenden Verantwortung." Mit diesen Worten schloss sich der Kreis des Gesprächs. Einerseits geprägt von Unnachgiebigkeit und andererseits von der bitteren Notwendigkeit, der Wahrheit ins Gesicht zu sehen.

Der erste Strahl der Zuversicht

„Julia, da ist ein Brief für dich gekommen." Brigitte öffnete einen Spalt breit die Zimmertüre und steckte ihr die Post zwischen die Finger.

Sie rätselte, wer der Absender war. Etwa ihr Vater oder ihr Bruder? Gespannt setzte sich Julia aufs Bett und riss eifrig den Umschlag auf. Mit jedem Wort, das sie las, wich die Farbe aus ihrem Gesicht.

„Liebste Julia,

bitte verzeih, dass ich mich seit ein paar Tagen nicht mehr bei dir gemeldet habe. Ich brauchte diese Zeit, um Ordnung in meine Gedanken zu bringen. Umso schmerzlicher ist es, dass ich zum Entschluss gekommen bin, Vaters Willen nachzugeben. Auf seinen Wunsch hin werde ich Viktoria heiraten. Trotz der unendlichen Liebe und Sehnsucht, die ich für dich empfinde, bleibt uns eine gemeinsame Zukunft verwehrt. Charles würde eine andere Frau an meiner Seite niemals akzeptieren. Eine Entscheidung gegen eine Heirat mit Viktoria hätte für mich weitreichende Folgen.

Steve."

Wie in Zeitlupe glitt der Brief aus den zitternden Händen und landete mit einem leisen Rascheln auf der Oberfläche des Tisches. Verstand Julia den schwerwiegenden Inhalt des Schreibens? Signalisierte Steve auf diese direkte Art das Ende ihrer Beziehung? War sie für ihn nicht mehr als ein flüchtiger Zeitvertreib, ein bedeutungsloses Intermezzo? Waren seine Gefühle nur gespielt? Hatte Brigitte mit ihrer kritischen Meinung über ihn recht behalten? Es war höchste Zeit, Gewissheit zu erlangen.

Mit der Kaffeetasse in der Hand studierte sie im Anschluss ein weiteres Mal die Zeilen des Briefes. Doch die Worte offenbarten unverändert seine Intention: Ein Schauspiel war es. Eine Leidenschaft, die nur der Haptik diente. Triebe, die ohne Liebe tobten, und ein Hunger, der nach Befriedigung rief.

Julia stellte die Kaffeetasse ab und marschierte mit festem Schritt ins Schlafzimmer. Sie zog neue Garderobe an und vollendete ihren Look mit einem dezenten Tages-Make-up. Sie war bereit, um Cremaut-Print aufzusuchen, in der Hoffnung, dort Steve anzutreffen.

Nachdem sie das Auto in der Parkbucht abgestellt hatte, schritt sie zielstrebig auf das Gebäude zu. Nach einem tiefen Atemzug stand Julia im Aufzug und fixierte den Knopf zur Chefetage. War es vernünftig, in der Firma aufzutauchen? Ihre Hand zögerte. Es war Zeit für eine Denkpause an der frischen Luft. Das erschien ihr sinnvoll. Sie war dabei, ihren Plan umzusetzen und sich abzuwenden, als sie fast mit Steve zusammenprallte.

„Warum bist du hier? Hast du nach mir gesucht?", fragte er nüchtern. Seine Worte waren kühl und faktisch. Seine Stimme entbehrte jeder Wärme, die Julia gekannt hatte.

„Ja, ich hatte das Bedürfnis, dich zu sehen."

„Und warum?"

„Um dir Hallo zu sagen." Sie zögerte, bevor sie fortfuhr. „Und um herauszufinden, was dieser Brief für eine Bewandtnis hat."

Steve ließ seinen Blick durch den Raum schweifen,

griff nach ihrem Arm und geleitete sie in sein Büro.

„Julia, es ist mir wichtig, dass ich etwas klarstelle." Seine Stimme war frostig wie ein Wintertag. „Unsere Zeit war die schönste meines Lebens", nach einer gedehnten Pause fuhr er fort, „doch sie ist vorbei. Ich habe Verpflichtungen, die mich zwingen, diesen Schritt zu unternehmen."

„Und du denkst, dass dieses Schreiben der richtige Weg ist, mir das mitzuteilen?"

„Ich habe es nicht geschafft, dir dabei in die Augen zu sehen."

„Ach, feige bist du auch noch. Erfahre ich wenigstens den wahren Grund, weshalb du mich abservierst."

„Viktoria hat ältere Rechte an mir."

„Und das ist dir jetzt erst eingefallen?"

„Julia, du wusstest von ihr."

„Richtig. Aber du hast mir gesagt, dass du die Verlobung mit ihr lösen wirst."

„Dann war es eben ein Irrtum."

„Ein Irrtum?" Der Kloß im Hals drohte sie zu ersticken. Ihre Wut stieg ins Unermessliche. Am liebsten hätte sie diesem Kerl eine verpasst. „Wenn das so ist, wird dich dieser Irrtum nie mehr belästigen." Julia rang nach Worten. Doch ihre Stimme versagte unter den Tränen. Ihre Anspannung im Körper drohte jeden Muskel zu zerreißen.

Steves Versuch, sie in die Arme zu schließen blieb erfolglos.

„Fass mich nicht an", fauchte sie. Sie riss sich los und stürmte aus dem Büro.

„Julia, bleib hier!", doch der Ruf verhallte im Nichts.

Zitternd setzte sie sich hinter das Steuer und drehte den Zündschlüssel. Ein unausweichlicher Drang, dieser Qual zu entrinnen, ließ sie das Gaspedal durchtreten. Weit weg von seiner eiskalten Stimme, die sie wie ein Werkzeug behandelt hatte. War das tatsächlich möglich?

Hatte er wirklich die Macht, sie so tief zu verletzen? Sie hatte angenommen, er sei der eine, für den ihr Herz schlagen würde. Ein erschütternder Fehler. Denn dieser Mann entpuppte sich als Fassade, als Hochstapler. Als jemand, der mit Gefühlen spielte.

Unter Tränen nahm sie den Weg auf die Autobahn. Blind für die Straßenschilder, gleichgültig gegenüber Tempo und Verkehr. Gefangen in ihrer Welt voll Schmerz und Kummer, bemerkte sie nicht, wie sie den Fuß schwerer aufs Gaspedal drückte. Immer mehr verlor sie die Kontrolle über ihr Fahrzeug und schleuderte geradewegs in die entgegenkommenden Verkehrsteilnehmer. Ein ohrenbetäubender Krach, ein wuchtiger Stoß, ein gleißendes Licht – dann verschluckte die Dunkelheit alles.

Das blendende Licht blieb selbst in der Finsternis, die sie umfing, ein Punkt in Julias Bewusstsein. Es war, als hätte die Zeit einen Moment innegehalten. Allein das furchteinflößende Echo des Zusammenstoßes hallte nach. Dann setzte schleichend eine neue Art von Stille ein. Die beklemmende Ruhe des soeben abgewandten Unglücks verlor sich und ein leises Raunen des Lebens erkämpfte sich seinen Weg zurück.

Langsam kehrte das Gefühl in ihre Glieder zurück.

Mit einem achtsamen Stöhnen bewegte sie ihre Finger und umklammerte mit einem festen Griff das Lenkrad.

Ihre Augenlider waren schwer wie Blei, doch sie zwang sich, sie zu öffnen. Die verschwommenen Konturen ihrer Autokabine traten vor ihr in den Blick. Blinkende Warnlichter, das Wimmern einer Sirene in der Ferne und das Murren von besorgten Stimmen durchbrachen die Dunkelheit.

Sie versuchte zu sprechen, doch ihre Stimme gehorchte ihr nicht. Etwas Warmes lief ihre Stirn hinunter – Blut erkannte sie dumpf. Adrenalin schoss durch ihre Adern und mit der steigenden Panik kämpfte sie darum, sich zu bewegen. Fast schon reflexartig erreichte ihre Hand das Handy in ihrer Tasche. Der gedimmte Bildschirm ihres Telefons erhellte ihr Gesicht – keinerlei Nachrichten, keine Anrufe. Sie war allein.

Draußen hörte sie hastige Schritte und Türen, die aufgerissen wurden. Rettung war nahe. Sie atmete durch, versuchte, sich zu beruhigen, ihre Gedanken zu ordnen. Was war passiert?

Steve ... der Brief ... die Flucht. Ihr Herz flatterte wild, dann klopfte es schmerzhaft gegen ihre Brust.

„Ist jemand in dem Auto?", rief eine dringliche Stimme.

„Hören Sie mich? Bewegen Sie sich nicht, wir werden Sie da herausbekommen."

Die Welt um sie herum drehte sich erneut und trotz der Schmerzen und der Benommenheit nahm Julia wahr, wie eine merkwürdige Entschlossenheit in ihr aufkeimte. Das Leben hatte sie nicht aufgegeben und während die Rettungskräfte sich mit *Jaws of Life* und den lebensrettenden hydraulischen Rettungsgeräten zu ihr durchkämpften, lag in ihrem Entschluss eine neugewonnene Klarheit. Wenn sie das hier überleben würde, so nahm sie sich vor, würde sie nicht nur am Leben sein, sondern die Zukunft aktiv gestalten. Sie würde ihre eigene Geschichte neu schreiben, eine, in der sie mehr war als nur eine Nebenfigur in einem Drama, das ein anderer für sie vorgesehen hatte. Und sie würde niemals zulassen, dass ein Mensch wieder so mit ihrem Herzen spielte.

Als die Retter endlich die Tür aufbrachen und Julia behutsam aus dem verstümmelten Wagen hoben, trafen ihre Augen auf die untergehende Sonne. Dort, inmitten von Trümmern und Chaos, erspähte sie den ersten Strahl der Zuversicht – und sie würde ihn nicht mehr loslassen.

Erwachen und Erinnerungen

In einem beigefarbenen Raum, der steril und doch tröstend wirkte, erwachte Julia aus einem wirren Nebel von Halbschlaf. Zahlreiche Schläuche und Kabel rankten sich an ihrem Körper entlang, wie Lianen in einem stählernen Dschungel. Ein durchdringender Schmerz bohrte sich in ihre Brust, verdrängte alle anderen Empfindungen, als existiere nur er allein. Ihre Gedanken irrten ziellos umher in der Hoffnung, die vergangenen Ereignisse wiederzufinden – aber alles, was sie berührten, war leere Stille.

Sie richtete ihren Blick zur Seite und entdeckte eine Frau, die ihr merkwürdig vertraut schien. Ihr sanftes Lächeln, die sonnigen Haare und die ozeanblauen Augen hatten etwas Beruhigendes. Brigittes Hand hielt die ihrige, als hätte sie die Fähigkeit, damit die Stücke des Gedächtnispuzzles zu Julia zurück zu zaubern.

„Endlich wach? Wie fühlst du dich?", hauchte sie. Ihre Stimme klang wie eine sanfte Umarmung.

Schweigen. Julia versuchte zu antworten, doch ihre Worte waren in der Stille gefangen. Ihre Gegenwart brachte keine Erleuchtung in das Dunkel der Erinnerung – wer war sie?

„Rede nicht, es ist in Ordnung. Du hattest einen schweren Unfall, bist mit deinem Auto gegen einen anderen Wagen geprallt. Es ist ein wahres Wunder, dass du hier liegst." Sie nahm eine kleine Pause, während sie liebevoll Julias Stirn streichelte. „Ich bin Brigitte, deine Mitbewohnerin. Wir haben uns erst kürzlich getroffen.

Als ich vom Unfall erfuhr, bin ich sofort hergekommen."

„Mitbewohnerin?" Das Konzept erschien ihr fremd, so, als ob sie nie das Teilen von Raum und Momenten mit jemand anderem in Betracht gezogen hätte.

Erschöpft überließ sie sich wieder dem sanften Sog des Schlafes. Geträumt hatte sie dann von ihm – von jenen Worten, die in ihrem Herzen wie kaltes Blei lasteten.

Erschrocken erwachte sie aus ihrer schweißgebadeten Traumflucht und schrie auf, von Schrecken geschüttelt. Brigitte war sofort da, hielt sie warm, wiegte sie. Julia verlor sich in einem Ozean von Tränen, klammerte sich an ihre Freundin wie ein Ertrinkender an einen rettenden Anker. Von ihren tosenden Emotionen überrollt flüsterte sie, „wo ist er?"

„Wer?", fragte Brigitte, ihr Blick von Sorge erfüllt.

„Steve." Julias Flüstern war kaum zu hören, ein Schatten eines Namens, der doch so schwer auf ihrem Herzen lastete.

„Steve Cremaut?", hakte Brigitte nach, ihre Stirn in Falten gelegt.

Julia nickte matt. Ihre nächste Frage ließ sie aufhorchen.

„Warum sollte er hier sein, Julia? Nach allem, was passiert ist …"

Schritt für Schritt deckte sie auf, was im Gedächtnis ihrer Freundin verloren gegangen war – die Erinnerung an die Gehirnerschütterung und an Steve, ein kaum greifbares Relikt eines vergessenen Moments.

Das Gespräch wurde durch ein leises Klopfen unterbrochen. Fleur stand in der Tür mit einem Arm voll bunter Blumen. Julia nahm das Geschenk lächelnd entgegen und genoss den Blütenduft, der ihr den Frühling ans Bett zauberte.

Die darauffolgenden Tage waren geprägt von Brigitte und Fleurs Stippvisiten, die Julias Grau in Farbe verwandelten. Der Wunsch nach Freiheit wuchs stetig in ihr, wucherte wie Efeu über die Mauern des Krankenhauses hinaus. Steve war in ihren Gedanken allgegenwärtig, ein Mysterium, das sie nicht zu lösen vermochte.

Nach Julias Entlassung brannte die Sehnsucht nach einer Begegnung mit Steve lichterloh. Doch der Mann, dieser Schatten aus einer anderen Zeit, war verschwunden.

Julia fand nach all den Turbulenzen der vergangenen Zeit, ihren Frieden in der Backstube wieder, wo sie in die Kunst der Patisserie eintauchte. Dort, zwischen Mehlstaub und honigsüßem Duft, baute sie aus Zucker und Schokolade eine Brücke zurück ins Leben und lächelte in die Zukunft, während sie in Genf ihren ersten großen Schritt in die Welt der Konditorei setzte.

Die wohlige Wärme der Backstube umhüllte sie jeden Morgen wie ein Versprechen, ein neues Leben anzubrechen, in dem Schmerz und Verwirrung der Vergangenheit keinen Platz fanden. Sie genoss das Gefühl der Zugehörigkeit, während sie sich in die elegante Welt der Patisserie vertiefte. Jedes Petit Four, jede Tarte, die sie kunstvoll fertigte, war ein Schritt auf dem Weg der Heilung.

Aber der Schatten – Steve – verblasste nie vollständig in ihrem Geist. Oftmals spekulierte sie, ob er ihr hin und wieder einen Platz in seinen Gedanken gab, was sein Leben ausfüllte oder ob sie für ihn nur einen kurzweiligen Moment existierte.

Es war Sommer, als das Schicksal beschloss, ihre Wege erneut zu kreuzen. Das Klingeln der Türglocke übertönte das sanfte Murmeln der Maschinen, die unermüdlich seufzten und zischten. Julia hob ihren Kopf und erstarrte. Dort stand Steve, genau wie in ihren Erinnerungen: Scharfkantige Züge, ein Blick, der unzählige Geheimnisse zu bergen schien. Er schaute sich um, bevor seine Augen ihr begegneten und er einen Moment lang zögerte.

„Julia", flüsterte er und kämpfte mit den Worten, „ich bereue zutiefst, was durch meine Handlungsweise geschehen ist."

Unschlüssig stand Julia da, ob sie auf sein Bedauern eingehen oder ob es sinnvoller war, sich noch mehr von ihm abzuschirmen. War diese verletzliche Regung in seinen Augen neu oder hatte sie diese bisher nicht wahrgenommen?

„Was führt dich hierher, Steve?", fragte sie mit ungewohnt fester Stimme.

Er trat näher und sie bemerkte, dass die Zeit auch an ihm nicht spurlos vorübergegangen war. Eine leichte Spur von Müdigkeit lag unter seinen Augen und sein Haar zeigte die ersten Anzeichen von Grau.

„Ich habe gehört, was passiert ist", fuhr er fort, „und ich konnte nicht …"

Seine Worte verloren sich in der kühlen Luft der Backstube. Melanie, die mit sauberen Tassen jonglierte, warf einen besorgten Blick herüber, während Fleur, von

Neugier erfüllt, sich hinter einem Regal versteckte, um zu lauschen.

„Du hättest wenigstens vorbeischauen können", warf Julia ihm vorwurfsvoll entgegen.

Er senkte nachdenklich den Kopf. „Tatsächlich hätte ich das sollen. Aber mir fehlte der Mut nach den Ereignissen im Büro, nach dem Vorfall mit dem ..."

Julia hob eine Hand, um ihn zum Schweigen zu bringen. Die Kunden, die leise flüsternden Stammgäste, die regelmäßig zum Frühstück kamen, schienen mit einem Schlag nicht mehr existent.

„Das war damals. Hier und jetzt ..." Julia pausierte und sah in seine Augen, suchte nach einem Funken von dem, was einmal war. „Hier und jetzt steht ein Mann vor mir, der eine zweite Chance verdient. Vielleicht. Kommt darauf an, was du daraus machst."

Ein großzügiges Schmunzeln belebte Steves Züge und unverhofft erwachte eine Nähe wieder zum Leben, die Julia meinte, verloren zu haben.

„Stimmst du einem Treffen in den nächsten Tagen zu?"

„Ich werde darüber nachdenken", sagte sie sachlich, bevor sie sich wieder ihren Kreationen zuwandte, die auf feuerroten Himbeeren und flüsterzartem Blätterteig warteten.

„Lass mich bitte deine Antwort bald wissen. Bis dann." Steve wandte sich ab, schenkte Fleur einen wohlwollenden Gruß und verließ die Konditorei.

Die lauen Abende Genfs, in denen die Sonne wie flüssiges Gold hinter den Hügelketten versank, gaben Julia die Ruhe, die sie brauchte, um über Steves Angebot nachzudenken. Der Duft von Freesien und frisch gemähtem Gras mischte sich mit dem appetitlichen Aroma, das aus kleinen Bistros und Patisserien in den Gassen emporstieg. Das Leben hier war anders. Es pulsierte langsamer, bedächtiger, als schenkte es ihr die Zeit, die sie benötigte, um ihre Wunden still und leise heilen zu lassen.

In den darauffolgenden Tagen blieb Steve präsent und trotzdem unaufdringlich. Er schickte ihr eine kurze Nachricht, dass er für ein Treffen bereit sei, wann immer es ihr passte. Sie hatte die Worte nur knapp überflogen und weggelegt, als wäre es ein Katalog, den man ungelesen beiseitelegt, weil die Zeit für einen Einkauf noch nicht gekommen ist.

In der Stille des Abends, an dem die Sterne am Himmel langsam ihre Augen öffneten, fand sie sich auf einer kleinen Parkbank vor, verloren in einem Sturm verwirrter Gedanken. Und dann, wie aus einer spontanen Eingebung heraus, griff sie nach dem Handy und tippte: „Morgen, Café Belle Époque, 10 Uhr?" Steve antwortete fast sofort mit einem simplen, aber kräftigen „Ja".

Das Café Belle Époque war ein kleines Juwel im Herzen der Stadt. Mit seinen Jugendstilfenstern und den tiefen, samtigen Polstersesseln strahlte es eine Eleganz aus, die man nur selten findet. Julia wählte einen Tisch im hinteren Teil des Cafés, nah bei den großen Fenstern, die einen Blick auf einen von Kastanienbäumen gesäumten Boulevard boten.

Steve kam pünktlich an. Er trug eine Jeans, ein blaues Hemd und sah ungewohnt entspannt aus. „Du siehst umwerfend aus", sagte er, seine Stimme war sanfter und zurückhaltender als Julia sie in Erinnerung hatte. „Danke", antwortete sie und bemühte sich, gleichgültig zu klingen, doch die zitternden Finger verrieten sie, beim Versuch, den Dampf ihrer Tasse Cappuccino beiseite zu pusten.

Sie redeten zuerst über Belanglosigkeiten. Steve erzählte von seiner Arbeit, von einem Druckauftrag einer kleinen Non-Profit-Organisation, die sich für die Rechte von Migranten einsetzt. Er schien aufzublühen, als er über die Projekte sprach, und Julia wurde von seinem Enthusiasmus angesteckt.

Während die Gespräche allmählich persönlicher wurden, offenbarte er, dass die Zeit nach den Ereignissen im Büro für ihn eine Herausforderung darstellte. „Ich war gezwungen, mich mit vielen Dingen auseinanderzusetzen, auch mit mir selbst. Der Unfall ... deine Verletzung ... all das war ein Weckruf für mich."

Ein Schweigen breitete sich aus und mit jedem Atemzug schien es, als würden die zurückliegenden Anspannungen dahinschmelzen, gleichsam dem ersten Frost, der unter der milden Wärme des Frühlings weicht.

„Und du, Julia? Wie findest du dich zurecht ... all das aufzuarbeiten?", fragte er und schaute sie direkt an mit einer Ernsthaftigkeit, die sein früheres Wesen nicht gezeigt hatte.

„Es ist ein Prozess", gab sie zu, „einer, der vielleicht nie abgeschlossen ist. Aber das Backen bringt Heilung. Es ist Therapie und Ekstase zugleich. Und dieses ... das Hier und Jetzt hilft ebenso."

Die Kellnerin, die sich durch das Gewimmel der Gäste bewegte, blendeten sie aus, und langsam entstand zwischen ihnen eine besonnene Vertrautheit, die sich anfühlte, als würde man eine alte, bequeme Jacke überstreifen.

Bevor sie das Café verließen, fragte Steve vorsichtig, „erlaubst du mir, dir dein Lieblingspatisserie-Rezept zu entlocken? Als kleine Erinnerung an heute?"

Julia lächelte, überrascht von der Bitte, und notierte ihm das Rezept für Macarons, diese kleinen, bunten Botschafter der Freude.

„Vielleicht backen wir sie zusammen. Eines Tages", fügte sie hinzu, bevor sie sich umdrehte und durch das bunte Treiben der Stadt nach Hause lief. In ihrem Inneren entwickelte sich etwas Neues. Ein Hauch, der wie vorsichtiger Optimismus schmeckte.

Die Tage, die auf das Treffen im Café Belle Époque folgten, breiteten sich aus wie ein gemächlicher Fluss, der sich seinen Weg durch eine sommerlich erwachende Landschaft sucht. Die Farben der Stadt schienen intensiver, die Luft durchzogen von einem Versprechen, dem Julia sich langsam öffnete. Die Nachrichten, die sie mit Steve austauschte, waren wie Steinchen, die sie sorgfältig aufeinanderstapelten, um eine Brücke zu bauen – Stein für Stein, Wort für Wort.

An einem späten Nachmittag, an dem der Himmel sich wie eine weit aufgeschlagene Palette mit Abendrot zeigte, saß Julia im Hinterzimmer der Konditorei und schaute auf die duftenden Törtchen vor ihr. Der schwülwarme Raum war erfüllt vom Zirpen der Zikaden, das durch das offene Fenster hereintrat, ein sanfter Kontrast zum rhythmischen Dröhnen der industriellen

Kühlschränke. Sie erinnerte sich an das Rezept, das sie Steve gegeben hatte. Macarons, zu deren Herstellung es Geduld und Feingefühl braucht. Charaktereigenschaften, die auch im menschlichen Miteinander nicht von Nachteil sind.

Sie schmunzelte bei dem Gedanken, dass diese kleinen Naschereien mehr waren, als nur Zucker und Mandeln vermengt. Sie spiegelten eine Metapher für den Neuanfang, den sie beide zu wagen bereit waren.

In die Stille der Backstube klingelte ihr Handy und sie sah Steves Namen auf dem Display. Ein Zögern, ein verweilender Herzschlag, und sie nahm das Gespräch an. „Hallo, Steve", sagte sie kaum hörbar, während sie ein fertig dekoriertes Törtchen begutachtete.

„Julia", seine Stimme klang erwartungsvoll, „hast du Zeit? Ich habe etwas … nun, ich denke, es wäre besser, es dir persönlich zu zeigen."

Julia überlegte einen Moment lang. Die Fertigung der Süßigkeiten gestattete einen Aufschub. Das Leben außerhalb ihrer Zuckerwelt rief. „Wo treffen wir uns?"

„Beim Park am See. Weißt du, wo das alte Karussell steht?"

„Ja, den Platz kenne ich. In einer Stunde?"

„Perfekt, bis gleich."

Das Handygespräch endete und ihr Puls beschleunigte sich. Was beabsichtigte er, ihr zu zeigen, dass keinen Aufschub duldete? Ein Hauch von Unbehagen mischte sich in ihre Neugier, aber der Wunsch, mehr zu erfahren, war stärker.

Als sie den Park erreichte, schwirrte die sommerliche Lebendigkeit um sie herum wie ein harmonisches Orchester der Natur. Die stummen Umdrehungen des alten Karussells, dessen bunte Pferde und Wagen leer und still standen, waren ein malerischer Anblick, der sofort Nostalgie weckte.

Steve stand dort in Jeans und einem lässigen Hemd, die Hände in den Taschen vergraben, während sein Blick auf die sanften Wellen des Sees gerichtet war. Er drehte sich zu ihr um, als er das Klacken ihrer Schuhe hörte, und bot ihr ein verhaltenes Lächeln. „Danke, dass du gekommen bist", sagte Steve, seine Augen suchten ihre.

„Ich war neugierig, was du mir zeigen wolltest", erwiderte sie und ihre Neugier ließ ihr Herz leichter schlagen.

„Ohne viele Worte … hier." Er griff in seine Tasche und holte ein Päckchen hervor. Es war sorgfältig in einem zarten Seidenpapier verpackt, das in der Abendsonne schimmerte.

Julia entfaltete das Papier und zum Vorschein kamen zwei perfekt geformte Macarons. Einer war rosa, der andere ein sanftes lavendelblau. Überraschung und Rührung lagen eng beieinander.

„Du hast sie selbst gebacken?", fragte sie, kaum in der Lage, ihre Emotionen zu verbergen.

„Ja, mit deinem Rezept. Es war … eine Herausforderung. Aber es hat Spaß gemacht." Steve schaute etwas verlegen zu Boden.

Julia lächelte breit. Die Macarons waren mehr als nur ein Geschenk – sie waren ein Symbol seines Willens, zu lernen, zu wachsen und zu teilen. „Sie sehen lecker aus, danke, Steve."

„Sie sind mein Dankeschön und zugleich mein Versprechen." In seiner Stimme balancierte er zwischen Hoffnung und zögern.

„Für die Zukunft?", fragte sie, ein wenig spielerisch.

„Vielleicht", entgegnete er mit einem optimistischen Unterton.

Gemeinsam genossen sie die Macarons, deren knackige Hülle und zartes Herz wie ein Sinnbild für ihre unsicheren, aber mutigen Anfänge einer ungewissen Reise waren. Sie standen am Anfangspfad, ohne Karten, jedoch mit einer vielversprechenden Dosis Zuversicht in der Tasche.

Die Bürde der Freiheit

Die Kerzen auf dem massiven Eichenholztisch warfen flackernde Schatten über die strengen Züge von Charles' Gesicht. Er hatte zu diesem dringenden Familientreffen, wie er es nannte, in das alte Herrenhaus beim Anbruch der Dämmerung geladen.

Ein Gefühl der Beklemmung breitete sich in Steve aus, während er dem Blick seines Vaters standhielt. In der Luft hing eine knisternde Anspannung. Jedes Mal, wenn ein Funke im Kamin aufzischte, zuckte er reflexartig zusammen.

„Hör mir gut zu, Steve", setzte Charles an, seine Stimme klang fest und kompromisslos. „Unsere Familie hat Verpflichtungen, Traditionen."

Steve senkte den Blick auf seine verschränkten Hände. Er kannte dieses Gespräch schon, bevor es überhaupt begonnen hatte.

„Viktoria ist eine herausragende Wahl", fuhr Charles fort. Er hob kurz das Glas mit dem bernsteinfarbenen Whisky, als würde er auf das Wohlergehen der abwesenden Frau anstoßen. „Ihre Familie und unsere, wir könnten die Macht beider Dynastien vereinen."

„Wie in alten Zeiten, was?", murmelte Steve kaum hörbar.

„Ja, genau das meine ich", sagte Charles und ein zufriedenes Lächeln breitete sich auf seinem Gesicht aus, als Steve seinen Ausführungen zu folgen schien. „Und was dich und Julia angeht ... es ist Zeit, einen Schlussstrich zu ziehen."

Es war ein Schlag in die Magengrube. Steve hob den Kopf und traf den herausfordernden Blick seines Vaters. „Julia bedeutet mir etwas, Dad."

Charles entgegnete kühl: „Gefühle sind in der Welt, in der wir operieren, ein Luxus, den wir uns nicht leisten können. Das ist eine Tatsache, über die du dir im Klaren sein solltest."

„Vielleicht will ich diesen Luxus aber nicht aufgeben." Sein Herz zog sich zusammen. Seine Gedanken wanderten zu Julia – ihr Lachen, die Leichtigkeit, die er nur bei ihr empfand. „Das ist deine Pflicht", entgegnete sein Vater ohne Zögern. „Ich habe bereits mit den Meillards gesprochen. Die Hochzeit wird das Ereignis des Jahres."

Die Ohnmacht, die Steve in diesem Moment in sich trug, war fast lähmend. Charles spielte Schach mit echten Menschen und betrachtete emotionale Bindungen als hinderliche Bauern auf dem Brett der gesellschaftlichen Erwartungen.

In den darauffolgenden Tagen zog sich Steve mehr und mehr von Julia zurück. Jedes Mal, wenn sie zusammenkamen, krallte sich die eisige Hand der Pflicht in sein Herz. Blickkontakt mit ihr zu halten, wurde zur Qual, erfüllt von der Schuld, ihr eine Zukunft vorzuspiegeln, die nie existieren würde.

Julia war nicht blind; sie bemerkte Steves zunehmende Distanzierung. Es brach ihr das Herz. „Was ist los?", fragte sie ihn an einem trüben Nachmittag, als sie in ihrem Lieblingscafé saßen. Die Wärme der vergangenen Wochen schien wie ausgelöscht.

Steve starrte auf seine Tasse, die er in seinen Händen hin und her drehte. „Es ist kompliziert, Julia."

„Das ist es immer", erwiderte sie leise. „Aber wir sind erwachsen genug, um darüber zu reden und uns den Komplikationen zu stellen. Zusammen."

Steve schüttelte den Kopf. „Manchmal, Julia, gibt es Hürden, die größer sind als wir. Umstände, die nicht zu ändern sind."

Sie verstanden beide, ohne dass es ausgesprochen wurde.

Die unüberwindbare Kluft zwischen Steves Welt und Julias. Er hatte das Handtuch geworfen, bevor der Kampf überhaupt angefangen hatte.

Als er sie das letzte Mal sah, regnete es in Strömen. Julia stand im Türrahmen, das Wasser perlte an ihrem traurigen Gesicht herab. „Du wirst es bereuen, wenn du dein Leben nach den Vorgaben anderer lebst", sagte sie fast flüsternd.

Steve wusste, dass die Frau Recht hatte. Aber in der Welt, in der er gefangen war, zählte Recht nicht. Es galten nur Verpflichtungen, Macht und das eiserne Band der Tradition. Was für ein Preis das war, verstand er erst, als er durch den Regen davonfuhr und Julia, die wie ein Schatten ihrer selbst erschien, im Rückspiegel kleiner wurde.

Als die letzten Lichtstrahlen der untergehenden Sonne an diesem Nachmittag das Glas der Autoscheibe streiften, rang Steve mit den Schatten seiner Überlegungen. Zu tief hing das dunkle Tuch seiner Resignation über ihm, um den goldenen Anblick wahrzunehmen. Der Regen hatte längst aufgehört, doch die Schwere in seiner Brust wich nicht. Seine Gedanken klammerten sich an Julia fest. An ihren letzten Blick und daran, wie fahl das

Leben mit einem Schlag erschien. Beim Abendessen an jenem Tag saß er zwischen den Schatten seiner Entscheidungen; er war heimgekehrt in das stickige Gewölbe des Familiensitzes, zurück zu einem Schauspiel, das ohne ihn stattgefunden hätte. Die Gläser klangen, leichte Gespräche plätscherten durch den Raum wie ein zum Scheitern verurteilter Bachlauf. Doch Steve hörte nur das Echo seiner eigenen Worte: „Manchmal gibt es Hürden, die größer sind als wir."

Später, allein in seiner Wohnung, zog er einen Brief aus der Jackentasche. Das Papier war schlicht, die Schrift darauf zierlich und entschlossen. Es war Julias Handschrift.

Vorsichtig glitt sein Blick über die Zeilen, über die Wortlandschaften, die sie geschaffen hatte:

„Lieber Steve,

ich verstehe, dass unsere Wege in Zukunft getrennt verlaufen werden. Doch weil ich hoffe, dass ein Teil von dir immer an mich und die gemeinsame Zeit in deinem Herzen bleibt, ist es mir ein Anliegen, dass du diese Worte hast. Worte, die vielleicht jene Brücke sein werden, die wir aus Angst nicht zu bauen gewagt haben.

Denke daran, dass Pflicht ohne Liebe eine leere Hülle ist. Wir hatten etwas Seltenes, etwas, das aus Freiheit und nicht aus Kalkül entsprang. Wenn du eines Tages erkennst, dass das echte Band zwischen Menschen aus diesen Momenten besteht, dann wage es, zu kämpfen.

Meine Tür wird nicht ewig offenstehen, aber mein Herz trägt dich ein Stück des Weges mit. Lebe nicht im Schatten anderer Entscheidungen, sondern finde dein eigenes Licht.

In Liebe, Julia"

Tränen, die er nicht kommen sah, trübten die Tinte der Worte. Steve ballte die Hand, die den Brief hielt, zu einer Faust, als bestünde damit die Möglichkeit, den Schmerz zu zermalmen, der seine Hoffnung zerdrückte.

Der nächste Tag dämmerte mit dem Versprechen eines Neuanfangs, auch wenn es für Steve eher ein weiterer Gang entlang vorgezeichneter Linien schien. Am Frühstückstisch traf sein Blick den seines Vaters und für eine Sekunde meinte er etwas wie Sorge darin zu erkennen. Doch es war die Besorgnis eines Schachspielers um eine kritische Figur, nicht eines Vaters um seinen Sohn.

„Du wirkst abgelenkt", stellte Charles fest und legte die Morgenzeitung beiseite.

„Es gibt allerlei zu bedenken", erwiderte Steve knapp.

„Die Vorbereitungen für deine Verlobung mit Viktoria nehmen Fahrt auf. Ich erwarte, dass du präsent und fokussiert bist."

Das Wort Verlobung fiel wie ein Bleigewicht in Steves Magen. Er nickte nur, denn Widerspruch schien so sinnlos wie ein Flüstern gegen den Sturm.

Als der Tag in die Abendstunden überging, trat Steve vor das Haus. Die Luft war frisch und klar nach dem Regen und in ihm keimte eine seltsame Mischung aus Mut und Verzweiflung. Er erinnerte sich an Julias Worte, an die Brücke, die sie in ihrem Brief beschrieben hatte.

Steve atmete tief ein, die frische Luft füllte seine Lunge, versprach Reinigung, aber wusch nicht das Gewicht von seinen Schultern. Er ertastete Julias Brief, eine sanfte und dennoch beharrliche Mahnung in seiner Tasche.

Es war, als hätte sie einen Teil ihrer Kraft auf das Papier gebannt, die stark genug war, um ihn an die Schwelle einer Entscheidung heranzuführen.

Er schaute hoch zum Sternenhimmel. Nach der Dämmerung durchwob die Nacht das Anwesen mit einer Decke aus Stille, unterbrochen nur durch das gelegentliche Knacken aus dem Inneren des Hauses, das Alter und Geheimnisse verriet.

Die Steine des Weges lagen kalt unter seinen Händen, als er sich an der großen, geschnitzten Tür abstützte. Die Holzschnitzereien verkörperten das Erbe seiner Familie, wiesen ihm leise einen vorgezeichneten Weg. Andererseits, was wäre, wenn er diesen nicht einschlug?

„Was ist, wenn ich nicht der Figur auf dem Brett entspreche, die du für mich auserkoren hast, Dad?", flüsterte er in die Nacht und stellte sich vor, Charles würde ihm zuhören, würde endlich verstehen.

Das gedämpfte Licht aus dem Inneren wirkte fremd auf ihn. Er hätte jetzt drin sein können, umgeben von vorgetäuschter Wärme und falschem Lächeln. Stattdessen war er hier draußen in der kühlen Ehrlichkeit der Nacht. Ein ungewohntes Feuer formte sich zögernd in ihm. Julias Worte – sie waren Samen, die zu spät gesät schienen, doch auf wundersame Art drängte etwas Grünes durch die rissige Erde seiner Resignation.

„Ich werde kämpfen", sagte er laut. Die Worte hallten ins Leere, aber in ihr schwangen sie wie ein feierliches Versprechen an die ganze Welt. „Ich habe keine Lust, in einem Leben gefangen zu sein, dass ich nicht gewählt habe."

Mit einem letzten, tiefen Atemzug drehte Steve sich

um und lief in Richtung seines Autos. Er würde jetzt nicht fliehen, das war zu bequem, zu feige. Nein, er würde zurückkehren und Charles entgegentreten und ihm erklären, warum das Schachspiel vorbei war. Weshalb er eine andere Partie spielen würde nach seinen eigenen Regeln.

Schon möglich, dass es Wahnsinn oder Rebellion war. Doch als Steve den Motor aufheulen ließ, empfand er eine seltsame Form von Frieden. Morgen würde ein neuer Tag anbrechen und er würde sein eigenes Licht finden.

Er dachte an Julia, während die Scheinwerfer den Weg vor ihm erhellten. „Meine Tür wird nicht ewig offenstehen, aber mein Herz trägt dich ein Stück des Weges mit." Das Gewicht ihres Herzens in diesen Worten gab ihm die Kraft für das, was kommen würde. Vielleicht waren sie nicht einfach Figuren in einer fremden Partie, sondern Mitschöpfer in einem Spiel, das neue Entdeckungen für sie bereithielt. In einer Welt, die sie selbst erschaffen konnten.

Und seine erste Handlung in dieser neuen Welt? Er würde zu Julia fahren und vor ihrer Tür stehen, bewaffnet mit nichts als seiner Wahrheit. Vielleicht war die Brücke, die sie in ihrem Brief gemalt hatte, schon weiter gebaut, als sie beide vermuteten.

Doch da war noch Viktoria. Es war unumgänglich, dass er sie ebenfalls über seine Entscheidung informierte, ihr klar und deutlich mitteilte, dass er die Verlobung auflöst. Wie würde sie reagieren? Steve bezweifelte, dass sie ihn verstehen würde.

Steve warf einen Blick auf die Uhr an seinem Handgelenk. Der Sekundenzeiger testete unerbittlich seine Entschlossenheit. Zu lange hatte er sich von den Fesseln der Tradition einschnüren lassen und nun pochte das Adrenalin durch seine Adern wie die melodische Zusage eines neuen Anfangs.

Er war sich bewusst, dass der Weg zu Julia kein leichter sein würde. Mit jedem Meter, den er auf ihrem Anwesen zurücklegte, schien die Zeit langsamer zu vergehen, als prüfe das Universum in diesem Augenblick seine Entschlossenheit. Als er vor ihrer Tür stand, zögerte er einen winzigen Moment. Dann klopfte er, sein Herz pochend und die Übergabe seines Schicksals nur ein paar Holzschichten entfernt.

Die Tür öffnete sich und dort stand Julia, so echt und fassbar wie der Mut, der sich in seinem Brustkasten gereckt hatte. Ihr Gesichtsausdruck war eine Mischung aus Überraschung und vorsichtiger Hoffnung.

„Steve? Was führt dich zu mir?", fragte sie, ihre Stimme ein vertrautes Lied in dem Sturm von Gedanken, der in seinem Kopf tobte.

„Ich wollte dich sehen, weil ich dir etwas mitzuteilen habe." Die Worte sprudelten aus ihm heraus, roh und ungeschliffen. „Ich habe mich entschieden – endgültig."

Julias Augen suchten die seinen, lasen die Story, die sich zwischen ihren Zeilen verbarg. „Und was hast du entschieden?"

„Ich spiele nicht länger Vaters Marionette und werde die Verlobung mit Viktoria lösen. Ich habe keine Lust, in einer Welt zu leben, die nicht meine eigene ist."

Das Lächeln, das langsam Julias Gesicht erhellte, warf ein Licht auf den Pfad vor ihnen, den Weg, der mit

Unwägbarkeiten gepflastert war, aber mit der Aufrichtigkeit der Herzen, die bereit waren, ihn gemeinsam zu begehen.

„Und was wird dein Vater sagen?", ihre Frage war leise, aber dringlich.

Steve früherer Mut geriet angesichts der harten Realität leicht ins Wanken, aber dann festigte er sich wieder. „Das spielt keine Rolle mehr. Ich bin alt genug, meine eigenen Entscheidungen zu treffen."

Julia nickte, ihr Blick wurde weicher. „Und ich bin bei dir, bei jeder einzelnen dieser Entschlüsse."

Nachdem das Fundament ihrer gemeinsamen Zukunft gestärkt war, wandte sich Steve der anderen Herausforderung zu – Viktoria. Es fiel ihm nicht leicht, denn er war sich bewusst, dass er sie verletzen würde.

Viktoria Meillard war die Personifikation einer Welt, von der er sich entschlossen hatte, fortzugehen. Er fand sie in ihrem Lieblingscafé, umgeben von dem Glanz sorgfältig inszenierter Perfektion. Ihre überraschte Miene, als er vor ihr auftauchte, wechselte schnell in eine maskengleiche Kontrolle.

„Oh, Steve, welch' Überraschung. Was gibt mir die Ehre?", ihre Stimme war kühl, ihre Augen voller Misstrauen.

„Ich muss mit dir reden, Viktoria. Allein", betonte Steve. Er wartete, bis sie sich in einen privaten Platz zurückgezogen hatten. Einem Raum, der nur von Gemurmel und sporadischem Klirren von Porzellan durchbrochen wurde.

„Es handelt sich um uns – um die Hochzeit", nahm er das Gespräch auf, ringend nach den richtigen Worten, um keine unnötige Verletzung zu hinterlassen. „Ich kann das nicht. Unsere Verbindung wäre ein Bauwerk aus Pflichten und Erwartungen, aber nicht aus Liebe."

Ihr Gesichtsausdruck blieb zunächst unbewegt, dann zeigte sich doch ein Anflug von Emotion. „Und was ist mit dem, was du schuldest – den beiden Unternehmen, deiner Familie, mir?"

„Es geht nicht um Schulden, sondern um das Leben, das ich führen will. Das echte, nicht das vorgefertigte", seine Stimme gewann an Festigkeit.

Viktoria sah ihn lange an, ihre Augen durchbohrten seinen Körper. Was sie dort sah, schien sie nach einer Ewigkeit endlich zu erreichen. „Vielleicht habe ich mir nie etwas anderes gewünscht als du – Freiheit zu wählen." Sie überraschte Steve mit ihrer Antwort und im gleichen Atemzug fand er sich in wachsender Ehrfurcht vor ihrer plötzlichen, bemerkenswerten Kraft wieder.

Er stand auf, gab ihr zum Abschied eine höfliche Verneigung. „Ich wünsche dir in deinem Leben nur das Beste, Viktoria, und ich hoffe, du findest, wonach du suchst."

„Einen Moment Steve. Ich bin mit meinen Ausführungen nicht fertig."

Erschrocken ließ er sich auf dem Stuhl nieder. Viktorias Blick durchbohrte ihn ein weiteres Mal. „Ich wünsche mir, wie du, schon lange Freiheit zu wählen. Doch ich habe mir in den Kopf gesetzt, dass ich diese Freiheit mit dir in unserer gemeinsamen Zukunft finden werde. So schnell gebe ich dich nicht auf. Erwartungsgemäß werde ich einer Auflösung unserer Verlobung niemals zustimmen."

„Und was willst du tun? Willst du mich zwingen? Mich mit Gewalt an dich binden?"

„Ich denke, dass sich Charles über diese Nachricht freuen wird. Wie du weißt, habe ich mit ihm eine fast schon väterliche Beziehung."

„Viktoria, was willst du damit erreichen?"

„Dass du vernünftig wirst und dich wieder in der Realität findest. Du lebst momentan in einer Traumwelt, die überhaupt nicht zu deinem Leben passt."

Steve betrachtete Viktoria einen Moment lang und versuchte zu verstehen, wie sie so selbstsicher sein konnte. Ihre Welt, die Welt, in der sie gelernt hatte, zu überleben und zu dominieren, war eine, die zu gleichen Teilen von Härte und Kalkül regiert wurde. Er sah die Entschlossenheit in ihren Augen. Ein Feuer, das weder Enttäuschung noch Widerspruch duldete.

„Das spiegelt vielleicht die Realität, in der du lebst", entgegnete er. „Aber ich wähle eine andere. Meine Entscheidung ist ein Leben, das vielmehr ist als nur ein Arrangement zwischen zwei Familien. Mehr als ein Vertrag."

„Du wirst deiner Familie den Rücken kehren? Deinem Erbe?" Ihre Augen verengten sich. „Nur um dich in eine romantische Fantasie zu stürzen, die scheitern wird?"

„Es geht nicht darum, meinem Erbe den Rücken zu kehren", korrigierte Steve sie. „Es geht darum, meiner eigenen Wahrheit zu folgen. Es ist an der Zeit, dass wir beide es einsehen. Und ich hoffe, du findest den Mut dazu."

„Mut?", lachte sie bitter. „Mut ist nur ein Wort für die

Naiven, die nicht begreifen, wie die Welt funktioniert. Aber sei es drum. Ich werde dir keine Szene machen." Sie stand auf, ihre Haltung anmutig und doch angespannt. „Unterschätze nur nicht, wie weit mein Einfluss reicht, Steve. Mein Nein ist nicht das Ende dieser Geschichte."

Mit diesen Worten verließ sie den Raum und ließ Steve zurück, umgeben von einer seltsamen Stille. Seine Entschlossenheit wurde auf eine harte Probe gestellt, doch die Entscheidung stand fest in seinem Herzen.

Unerwartete Wege

„Wie oft willst du diesem Kerl noch verzeihen?" Brigitte hantierte mit dem Mixer „So ein Mist. Der Aufsatz lässt sich schon wieder nicht abnehmen. Er bleibt ständig stecken."

„Diesmal meint er es bestimmt ernst."

„Hast du diese Worte nicht schon beim letzten Mal gebraucht?", sie schüttelte den Kopf. „Julia, ich verstehe dich nicht. Hast du aus der Vergangenheit nichts gelernt? Oder bist du wirklich so naiv? Steve wird sich niemals dem Willen seines Vaters beugen. Dass er die Fäden in der Hand hat, wird dir sicher nicht entgangen sein."

Julias Blick wanderte aus dem Küchenfenster und ließ Brigittes Worte auf sich wirken. Die Sonnenstrahlen tanzten auf den Blättern der alten Eiche im Garten. Während sie nachdenklich die Natur beobachtete, konnte sie die beklemmende Schwere in ihrer Brust, die sie seit Wochen quälte, kaum ignorieren. Steve, der Mann, der ihr Herz in einem ständigen Auf und Ab gefangen hielt. Sein Lächeln, seine Versprechen, und doch immer wieder die Enttäuschung.

„Brigitte", sagte sie leise, „ich bin mir sicher, dass du dir nur das Beste für mich wünschst. Aber ich kann nicht aufhören, an seiner Zuneigung festzuhalten. Vielleicht ist es Naivität, vielleicht ist es Liebe. Ich sehe keinen anderen Weg." Sie drehte sich zu ihrer Freundin um, die skeptisch die Augenbrauen hob.

„Julia, Liebe genügt in diesem Fall nicht. Ich finde,

dass du die eigenen Bedürfnisse vernachlässigst. Dein Herz hat schon genug gelitten." Sie legte eine Hand auf Julias Schulter. „Manchmal ist es nötig loszulassen, um sich selbst zu retten."

Julia seufzte.

„Mir ist klar, Brigitte, dass es schwerfällt, aber ich bin einfach noch nicht bereit, die Flinte ins Korn zu werfen. Noch ein letztes Mal werde ich ihm die Gelegenheit geben, sich zu beweisen. Wenn er es ernst meint, wird er kämpfen. Und falls nicht ..." Sie zögerte. „Dann muss ich stark sein und weitergehen."

Die beiden Frauen sahen sich an. In diesem Moment verstand Julia, dass sie vor einer Entscheidung stand, die ihr Leben erneut verändern würde. Egal, ob sie sich für Steve oder für sich selbst entschied. Sie befand sich an einer Kreuzung, die ihr Herz und ihre Vernunft auf die Probe stellte.

Die Abenddämmerung warf lange Schatten über den Garten, als sie sich entschied, Steve eine letzte Chance zu geben. Sie würde ihm gegenüber offen sein, aber unmissverständlich ihre Grenzen setzen.

In den nächsten Tagen trafen sich Julia und Steve an ihrem Lieblingsort am Seeufer. Die Wellen plätscherten sanft, während sie über ihre Vergangenheit sprachen. Er erzählte von seinen Ängsten und Unsicherheiten. Von den Erwartungen seines Vaters und dem Druck, dem er sich ausgesetzt fühlte. Julia hörte aufmerksam zu, ihre Hand in seiner.

„Steve, ich liebe dich. Aber es bringt nichts, wenn du nicht bereit bist, für uns zu kämpfen. Es braucht mehr als leere Versprechen. Es sind Handlungen von deiner

Seite nötig." Er sah sie an. Seine Augen suchten nach Worten. „Ich bin mir meiner Fehler bewusst. Aber diesmal will ich es richtigmachen und mit dir zusammen sein, ohne Kompromisse."

„Dann beweise es mir und zeig, dass du es ernst meinst. Lass uns zusammen einen neuen Weg einschlagen. Frei von den Fäden der Vergangenheit."

Ihnen war klar, dass der gemeinsame Neustart Herausforderungen mit sich bringen würde, doch sie waren gewillt, sich für ihre Liebe einzusetzen.

Die Sonne warf warme Strahlen auf den Weg, als sie Hand in Hand durch den Park spazierten. Die Vögel zwitscherten und das Rauschen der Blätter im Wind begleitete ihre Gedanken.

Steve hatte sich verändert. Er war entschlossener, ehrlicher und bemühte sich, die Vergangenheit hinter sich zu lassen. Julia freute sich, dass er wirklich kämpfte. Nicht nur für sie, sondern auch für sich selbst.

Eines Abends saßen sie auf der Veranda, die Lichterketten über ihnen warfen ein diffuses Licht auf den Tisch. Steve nahm Julias Hand und sah ihr tief in die Augen.

„Julia", begann er, „ich habe viel nachgedacht. Ich habe keine Lust, mehr der Mann zu sein, der dich verletzt hat. Ich habe mir zum Ziel gesetzt, mit dir eine Zukunft aufzubauen. Ohne die Schatten der Vergangenheit."

Julia lächelte. „Steve, ich liebe dich. Für uns ist es wichtig, dass wir beide loslassen. Unsere Herzen sind verletzlich, aber sie sind auch stark. Wenn wir zusammenhalten, überwinden wir alles."

An diesem Abend entschlossen sie sich, ihre Geschichte neu zu schreiben. Sie lernten, einander zu vertrauen, und fanden Trost in den kleinen Momenten des Glücks. Die Hindernisse lagen vor ihnen, aber sie hatten die Zuversicht, dass sie diese zusammen überwinden würden. Ob es ein Happy End geben würde, sah keiner voraus. Aber sie hatten sich entschieden, den Weg gemeinsam zu meistern. Seite an Seite, mit all den Fäden der Liebe und der Hoffnung, die sie verbanden.

Steve stand vor einer Zerreißprobe. Die Fesseln der Vergangenheit, nach einem Leben, das nicht von den Erwartungen seines Vaters bestimmt war. Andererseits peitschte die Verantwortung, die ihm auferlegt wurde. Das Bewusstsein, das Familienerbe zu bewahren.

Sein Vater, ein strenger Mann mit eisernem Willen, hatte klare Vorstellungen von Steves Zukunft. Das Familienunternehmen, die Traditionen, die gesellschaftliche Stellung. All das lastete auf seinen Schultern. Doch Steve war anders. Er träumte von Abenteuern, von einem Leben außerhalb der festen Grenzen, die sein Vater gezogen hatte.

Julia beobachtete ihn aus der Ferne. Sie wusste, dass er gegen die Erwartungen, die ihn erdrückten, kämpfte. Es war ein Kampf für ihre Liebe, für eine Zukunft, die sie sich gemeinsam erträumten. Aber würde es reichen?

Charles verweilte sich in seinem Arbeitszimmer – eine Festung aus Eichenholz und Leder, in der jedes Möbelstück die Autorität und Geschichte einer alten Familie atmete. Bei Steves Eintritt sah er von seinen Dokumenten auf und musterte seinen Sohn mit einem scharfsichtigen Blick.

„Steve, ich habe gehört, du hattest eine Unterredung

mit Viktoria. Ausgezeichnete Arbeit, ich nehme an, ihr besprecht die Details der Vorbereitung?"

Steve atmete tief ein, bevor er antwortete. „Nein, Dad. Wir haben die Verlobung gelöst. Oder besser gesagt, ich habe sie beendet."

Stille. Ihr Gewicht drückte schwerer als jedes Wort.

„Was meinst du damit? Du hast nicht das Recht … Nein, das liegt nicht allein in deiner Entscheidung!" Der Schrei seines Vaters zerschnitt die Ruhe wie ein zackiges Schwert.

„Das habe ich aber. Ich habe kein Interesse daran, in einer Beziehung zu leben, die auf Macht und Einfluss gebaut ist. Ich will …" Steve hielt inne, suchte nach Worten, um dies unmissverständlich auszudrücken. „Ich will aus Zuneigung heiraten, Dad. Echte, tiefe, lebensverändernde Liebe. Wie du und Mama damals."

Charles harte Fassade zeigte zum ersten Mal einen Riss. Für einen Moment sah Steve den Menschen hinter dem Patriarchen. Einen Mann, der einst selbst eine Liebesentscheidung getroffen hatte.

Es war dieses Wissen, das ihm die Kraft gab, weiterzusprechen. „Julia … sie ist es, die ich liebe. Und ich werde mit ihr zusammen sein, komme, was wolle."

„Und was wird aus der Firma, aus unserem Namen? Hast du überhaupt darüber nachgedacht?" Charles erhob sich, sein Blick war weniger zornig als traurig.

Steve nickte. „Ja, habe ich. Und ich bin bereit, meinen Teil der Verantwortung zu übernehmen. Aber nicht zu diesen Bedingungen."

Ein langes Schweigen folgte. Dann, fast unhörbar, flüsterte Charles: „Wenn du Verantwortung übernehmen willst, dann kümmere dich um deine schwangere Verlobte."

Steve war wie erstarrt. Die Worte seines Vaters hallten in seinem Kopf nach, als müsste er sie erst übersetzen, um ihren Sinn zu erfassen. „W-was ... was hast du gesagt?"

Charles schloss kurz die Augen, als müsste er Kraft schöpfen für das, was er gleich preisgeben würde. „Viktoria ... sie hat mit deiner Mutter gesprochen. Sie ist schwanger. Und du bist der Vater."

In Steves Welt stand alles still. Jeder Gedanken an eine romantische Liebe, sämtliche Träume von einer Zukunft jenseits des Familienerbes – all das schien auf einmal sekundär, während ein einziger, überwältigender Instinkt an seine Stelle trat: der des bevorstehenden Vaterseins.

„Sie ist ... wir werden Eltern?", fragte er leise, die Realität tastend, als ob er durch einen dichten Nebel schritt.

„Ja", sagte Charles mit einer Weichheit in der Stimme, die Steve, seit seiner Kindheit nicht mehr gehört hatte. „Und das ändert alles."

Steve sank auf einen der Ledersessel nieder. Unerbittlich schlugen die Worte langsam in ihm Wurzeln. Eltern. Er fasste es kaum, doch gleichzeitig breitete sich eine ungekannte Fürsorge in seinem Inneren aus. Eine Wärme, die vielleicht nur ein werdendes Elternteil zu geben bereit war. „Ich ... ich finde keine Worte."

„Das brauchst du auch nicht, Steve. Manchmal ändern unvorhergesehene Ereignisse die Perspektiven. Und jetzt ist nicht die Zeit für Alleingänge. Jetzt ist der Moment, zusammenzustehen als Familie", erklärte Charles mit einer Ruhe, die an Weisheit grenzte.

Steve nickte abwesend. „Ja, Familie." Der Konflikt, der sein Inneres noch vor Minuten beben ließ, schien zu verblassen, währenddessen die Konturen eines neuen Bildes in seinem Lebensentwurf entstanden.

„Steve, hör mir zu", fuhr Charles fort, „Du brauchst eine belastungsfähige Partnerin an deiner Seite. Wenn Viktoria die Mutter deines Kindes ist, dann steh zu ihr. Aber vergiss dabei nicht, was es bedeutet, Teil dieser Familie zu sein. Du bist nicht allein in dieser Verantwortung, wir sind hier, um dich zu unterstützen."

Steve schaute hoch und vor ihm zeigte sich das väterliche Gesicht, durchwoben von einer emotionalen Melange aus besorgter Hingabe und Wohlgefallen. In diesem Moment begriff er, dass trotz aller Differenzen und entgegengesetzten Erwartungen der Kern ihrer Beziehung unerschüttert blieb: die unbedingte Liebe eines Vaters zu seinem Sohn.

Er fasste einen unumstößlichen Beschluss. „Ich werde Viktoria heute noch besuchen. Es ist Zeit, dass wir gemeinsam planen, wie es weitergeht."

Charles nickte und ein Geist eines Lächelns umspielte seine Lippen. „Und ich werde dich begleiten. Es wird Zeit, meine zukünftige Schwiegertochter offiziell in unserer Familie aufzunehmen … und das Kind."

„Steh auf!", sagte Steve, die Entschlossenheit fest in seiner Stimme. „Und dann lass uns in Gottes Namen dieses neue Kapitel unserer Familie angehen."

Die beiden Männer standen auf, vereint in einem stillen Pakt, während draußen vor dem Fenster des Arbeitszimmers das Leben unbeeindruckt weiter strömte, bereit für die Spuren, die sie gemeinsam hinterlassen würden.

„Magst du noch etwas Kaffee?"

„Was?"

„Ob du noch etwas Kaffee möchtest, habe ich gefragt. Wo bist du mit deinen Gedanken?"

„Julia, ich habe dir etwas mitzuteilen."

„Was denn? Hast du mein Rezept verloren?"

„Mir ist nicht nach scherzen."

Julia sah ihn erschrocken an. Ein untrügliches Unbehagen breitete sich in ihr aus. „Was ist passiert?"

„Ich fasse mich kurz. Wir werden uns nicht mehr treffen."

„Was wird das für ein Spiel?"

„Es ist kein Spiel. Julia, ich werde Vater."

Aus heiterem Himmel lachte sein Gegenüber laut los.

„Genau. Und morgen kommt der Weihnachtsmann und bringt Schokohasen."

Steve starrte regungslos ins Leere. Erst jetzt realisierte sie, dass er es ernst meinte.

„Es ist kein Scherz. Ich werde Vater."

Julia schluckte.

„Wirst du diese Frau …?"

„Ja. Ich werde sie heiraten."

„Und was ist mit unserer Liebe, dem Versprechen, das wir uns gegeben haben? Wir waren uns einig, zusammenstehen und jedes Problem gemeinsam zu meistern. Ist das alles nichts mehr wert? Waren das nur leere Worte?"

„Nein, Julia, das weißt du auch. Aber seit gestern gibt

es eine völlig neue Situation in meinem Leben. Ich habe die Verantwortung für das Kind. Ich habe nicht das Recht, es einfach beiseitezulassen."

Steve sah Julia direkt in die Augen – das Antlitz, das soeben das Leuchten verloren hatte. „Es ist nicht so, dass unsere Liebe nichts wert wäre, Julia. Du bist das Beste, was mir je passiert ist. Aber ich kann das Kind nicht im Stich lassen. Ich will keinem Geschöpf den Rücken zukehren, das auch nur die Hälfte der Liebe verdient, die es braucht und die ich ihm geben kann."

Die Stille zwischen ihnen dehnte sich zu einer kaum erträglichen Spannung. Julia rang nach Worten, nach Luft, nach etwas Festem in diesem unwirklich gewordenen Moment. „Ich ... ich verstehe, dass du Verantwortung übernimmst", sagte sie mit brüchiger Stimme. „Aber bedeutet das, dass alles vorbei ist? Unser Traum ... unsere Pläne?"

Ein schmerzhafter Stich durchbohrte Steves Herz, als er die Verzweiflung in ihrer Stimme hörte. Er nahm Julias zitternde Hände in seine. „Unsere Träume müssen warten. Ich habe keine Ahnung, wie alles ausgehen wird, aber im Moment ... in dieser Situation muss ich mich um das Wohlergehen, sowohl für das Kind als auch für Viktoria kümmern."

Julias Tränen bahnten sich ihren Weg.

„Und ich? Gehöre ich nicht auch zum Richtigen, zum Guten in deinem Leben?"

„Ja, das tust du. Und deshalb ist das hier so unerträglich hart. Ich liebe dich, Julia. Ich werde dich immer lieben. Aber ich kann nicht zwei Leben führen. Nicht, wenn ein so unschuldiges Wesen davon betroffen ist."

Es schmerzte, seine Worte auszusprechen, jede einzelne Silbe schien ihn ein Stück weiter von Julia zu entfernen. In ihren Augen sah er die Liebe und das gebrochen sein, die Verbindung, die sie geteilt hatten, und das unvermeidbare Ende, das vor ihnen lag.

„Wirst du mir eines Tages vergeben?", fragte Steve leise, fast so, als würde er um Erlaubnis bitten, sich zu verabschieden.

Julia wischte sich die Tränen ab und versuchte, ihre Fassung wiederzugewinnen. Sie nickte langsam, obwohl in ihrem Inneren ein Sturm tobte. „Ich werde versuchen, dich zu verstehen, Steve. Weil ich dich liebe. Aber vergib mir. Ich brauche dafür Zeit. Verzeih' mir, wenn ich dir nicht sofort folge, auf diesem kalten Pfad der Pflichterfüllung."

Sie zog ihre Hände sanft zurück und erhob sich. „Ich denke, es ist Zeit, dass du gehst. Es gibt Umstände, die ich allein verarbeiten muss. Und Menschen, denen du jetzt beistehen solltest."

Steve nickte, stand auf und ging zur Tür. Bevor er den Raum verließ, drehte er sich noch einmal um und sah Julia an. In diesem Blick lag ein ganzer Ozean ungesagter Worte und Gefühle. Dann schloss er leise die Tür hinter sich.

Julia sank auf den Stuhl zurück, als der letzte Faden, der sie noch mit Steve verbunden hatte, sich löste. Sie starrte auf die leere Kaffeetasse vor sich, als könne sie darin Antworten auf die Fragen finden, die ihr Herz überschwemmten. Doch in der Stille ihres plötzlich so leeren Zuhauses fand sie nur das Echo ihrer eigenen Verzweiflung.

Die eisige Luft, die draußen herrschte, schien an Steve spurlos vorüberzugehen, als sei sie bloß eine Illusion. Es war ihm, als läge das ganze Gewicht der Welt auf seinen Schultern. Eine Last, die ihn zugleich niederdrückte und doch unerklärlich aufrecht hielt.

Mit einer gewissen Schwere im Herzen erkannte er, dass das bevorstehende Kapitel in seinem Lebensbuch das Anspruchsvollste sein würde, das er je aufzuschlagen hatte. Aber er würde es schreiben, mit der Verantwortung und der Liebe, die er zu geben hatte.

Für sein Kind, für Viktoria, und in einer stillen Ecke seines Herzens – immer auch für Julia.

Völlig aufgelöst fand Brigitte ihre Freundin schluchzend auf dem Sofa.

„Du meine Güte, was ist mit dir?" Sie kniete sich vor Julia auf den Boden und strich ihr eine Strähne aus dem tränendurchnässten Gesicht.

„Steve …"

„Ist ihm etwas passiert?"

„Es ist aus. Er hat unsere Verbindung beendet."

Brigitte legte behutsam ihren Arm um Julia. Allmählich veränderte sich das Schluchzen ihrer Freundin in sanftere, aber immer noch schmerzhafte Seufzer. Die Stille des Raumes wurde nur durch das unstete Ticken der Wanduhr und Julias leises Weinen unterbrochen.

„Ich finde kaum die richtigen Worte, um dir zu sagen, wie leid es mir für dich tut, Julia. Das hatte ich nicht kommen sehen. Ihr schient so glücklich miteinander." Brigittes Stimme war sanft, ihr Herz brach für ihre Freundin.

Julia nickte, ihr Blick starr auf das verwischte Fensterglas gerichtet, hinter dem die Welt ungerührt in den Farben des heranrückenden Abends weiter pulsierte. „Ich auch nicht", flüsterte sie. „Ich war überzeugt, dass wir jedes Hindernis schaffen. Aber ich habe mich geirrt."

Brigitte fand, dass Stille jetzt mehr sagen würde als jeder Ratschlag. Manchmal war es besser, einfach da zu sein und zu lauschen. Tröstende Worte vermochten das Herz ihrer Freundin nicht zu heilen, nicht jetzt. „Willst du darüber reden? Oder soll ich nur hier sein?", fragte sie.

„Er wird Vater", ihre Worte schnitten durch die Stille wie ein kalter Wind. „Er sagt, er muss Verantwortung übernehmen – für das Kind, für seine Verlobte."

„Verlobte? Ich bin davon ausgegangen, dass du seine Partnerin bist."

Julia atmete tief durch und erklärte zwischen ihren Tränen die komplizierte Situation. Mit dem letzten Satz wirkte sie fast leer, als hätte sie nicht nur ihre Geschichte, sondern auch den Rest ihrer Kraft herausgelassen.

Brigitte verstand das Ausmaß des Dilemmas. Es war eine Sache, wenn eine Liebe an individuellen Unterschieden zerbrach, eine andere aber, wenn das Schicksal solche bitteren Wendungen bereithielt.

„Kaum zu glauben, dass er einfach so abhaut", murmelte Brigitte, gefüllt mit Empörung und Anteilnahme.

„Nicht nur das", hauchte Julia, ihre Stimme ein zartes Flüstern. „Er hat damit zum Ausdruck gebracht, dass seine Loyalität jetzt bei ihnen ist – unsere Beziehung ist nicht mehr seine Priorität."

Brigitte rückte näher heran und umfing Julia mit beiden Armen. „Aber das bist nicht du. Du bist tough, unabhängig. Du wirst den Weg ohne ihn meistern."

Julia nickte, während ein neues Tränenbündel ihre Wangen hinunterrollte. „Ich weiß. Aber es braucht Zeit. Zeit zu verstehen, zu verarbeiten und zu akzeptieren."

„Natürlich", sagte Brigitte sanft. „Nimm dir alle Zeit, die du brauchst. Ich bin bei dir, egal, was kommt. Wir sind nicht nur Freundinnen, wir sind Schwestern im Herzen."

Julia lächelte trotz ihrer Tränen dankbar. In Brigittes Umarmung entzündete sich ein Funke von Wärme und Hoffnung. Die Liebe, die sie für Steve empfunden hatte, war aufrichtig. Aber ebenso echt war die Freundschaft, die sie jetzt tröstete und hielt.

„Wie kann ich dir helfen? Was brauchst du jetzt?", fragte Brigitte, bereit, alles zu unternehmen, um ihrer Freundin beizustehen.

Ein tiefes Seufzen entwich Julias Lippen.

„Ich muss mich selbst neu entdecken, einschätzen, was mir wichtig ist. Auf jeden Fall ist die Zukunft jetzt anders, als ich sie mir ausgemalt hatte."

„Und wir werden herausfinden, was das ist – zusammen. Wie wär's, wenn ich dir jetzt ein wenig vom Alltagsstress abnehme? Ich könnte für uns kochen oder wir bestellen deine Lieblingspizza und schauen uns einen dieser albernen Filme an, die dich immer zum Lachen bringen."

Julia lehnte sich in die Umarmung. Die letzten Tränenfäden trockneten langsam auf ihren Wangen. „Pizza klingt lecker", sagte sie. Ein zaghaftes Lächeln umspielte ihre Lippen.

„So sei es", erklärte Brigitte, schnappte sich ihr Handy und wischte die Kontaktnummern ihres Lieferdienstes. „Und nach dem Essen überlegen wir uns einen Plan, wie du aus dieser Situation das Beste herausholst. Du bist nicht allein, Julia. Und wer weiß? Vielleicht öffnet sich durch diese Tür, die jetzt zugeht, eine andere, in ein noch schöneres Kapitel deines Lebens."

Julia richtete sich auf, ermutigt durch Brigittes Worte und deren unerschütterliche Unterstützung. Ja, es würde Zeit brauchen, aber sie war nicht allein. Und trotz des Herzschmerzes erkannte sie tief in sich – es gab immer noch so viel zu erleben und zu lieben.

Verwobene Schicksale

„Was ist los mit dir?"

„Es gibt Tage, Thomas, da bleibt man besser zu Hause. Heute gelingt mir absolut nichts."

„Warum gönnst du dir nicht eine Pause im Café und genießt eine Tasse Cappuccino?"

„Ist das möglich? Ich meine, kommst du allein klar?"

„Sicher. Hau ab."

Schnell entfernte sich Julia und setzte sich an einen kleinen Ecktisch. Zu ihrer Freude kam in diesem Moment Brigitte zur Tür herein und eilte schnurstracks auf sie zu.

„Hallo, meine Liebe. Nennt man das Arbeiten?"

„Ach, Gitti. Heute klappt überhaupt nichts."

„Warum?"

„Ich habe keine Lust darüber zu reden."

„Ich habe ein perfektes Mittel, das dir hilft, diesen Tag zu vergessen."

„Ach ja. Was ist das für ein Wundermittel?"

„Wir gönnen uns heute Abend einen Schlummertrunk in der Bar."

Ein genervtes Augenrollen entglitt ihr, während sie entschieden den Kopf schüttelte. Nein, ein Barbesuch würde diesen Tag mit Sicherheit nicht retten.

„Ach, komm schon, Julia. Sei kein Frosch."

„Nee, Brigitte. Ich habe keine Lust zum Ausgehen. Nicht nach diesem entsetzlichen Vormittag."

„Aber es wird dich auf andere Gedanken bringen. Seit Tagen gehst du wie ein sterbender Schwan umher. Das ist nicht zum Ansehen. Damit ist jetzt Schluss!"

„Du bist ein Quälgeist!"

„Nein, ich weiß nur, was gut für dich ist. Also. Gehst du heute Abend mit? Nein, falsch ausgedrückt. Du kommst heute Abend mit!"

Mit einem Seufzer der Resignation akzeptierte Julia, was ihre Freundin von ihr verlangte.

„Also gut, ich begleite dich."

„Na also. Geht doch."

„Allerdings muss ich mich jetzt wieder auf meine Arbeit konzentrieren, sonst werde ich bis Feierabend garantiert nicht fertig."

Die Golden-Gate Bar quoll über vor Leuten. Zwischen dicht gedrängten Körpern bahnten sie ihren Weg zur Theke.

„Krass, wie viele Leute heute hier sind!" Obwohl Julia das Gefühl hatte aus voller Kehle zu schreien, erstickten ihre Worte im Lärmpegel aus Stimmengewirr, Geschirrklirren und Musik.

„Na, Mädels! Was kriegt ihr zu trinken?"

„Hi, Tim", lächelte Brigitte beim Bestellen, „ein Weißwein für mich und bring meiner Freundin hier bitte einen Sekt, damit sie auf Touren kommt."

„Kommt sofort. Für zwei so bezaubernde Damen beeil ich mich ganz besonders", sagte er mit einem spitzbübischen Lächeln und machte sich geschickt an die Arbeit, die Getränke bereitzustellen. Dabei fiel sein Blick unentwegt auf Brigitte und mit einem Augenzwinkern signalisierte er seine Aufmerksamkeit.

„Was verheimlichst du mir, Gitti?", neckte Julia ihre Freundin mit einem leichten Stupser. „Fliegen da Funken zwischen dir und unserem reizenden Beobachter? Habe ich etwas nicht mitgekriegt?"

„Da ist absolut nichts im Gange!"

Mit Genuss forderte sie Brigitte weiter heraus.

„Beim letzten Besuch wirkte es noch anders zwischen euch. Darauf wette ich."

„Du siehst Gespenster."

„Hm, ich bin mir da nicht so sicher", sagte sie und beäugte Brigitte genau, die jedoch ihre wahren Gefühle geschickt verbarg.

„Hier Ladys, eure Drinks."

Mit einem Lächeln erhoben sie ihre Gläser und kosteten mit sichtbarem Genuss ihre Getränke.

„Julia, wirf mal einen Blick dorthin." Brigitte wies auf einen Punkt weit hinten im Raum.

Der Griff um Julias Sektglas lockerte sich, während sie hustend nach Luft schnappte. Ein seltsames Ziehen breitete sich in ihrem Bauch aus. Sie starrte kritisch auf die Szene, die sich ihr bot. Ihr Gesicht verlor an Farbe. Um sie herum fing sich alles zu drehen an. Der Blick verharrte ungläubig auf Steve, der eng umschlungen mit einer Blondine in der Ecke saß und kuschelte.

„Ich bemühe mich, das Ganze einzuordnen. Aber es gelingt mir nicht", flüsterte Brigitte sinnend, „sie wirken, als wären sie ein Herz und eine Seele. Es macht nicht den Eindruck, als hätte jemand von außen ihre Nähe erzwungen."

Julia betrachtete die Frau und musste sich widerwillig eingestehen, dass ihre ausgewogenen Proportionen einen gewissen Reiz ausstrahlten. Schmerz krallte sich in ihre Magengrube, gefolgt von einem plötzlichen Anflug von Zorn. „Ich werde das jetzt persönlich regeln!", verkündete sie und wollte Kurs auf ihr Ziel nehmen. Doch Brigitte hielt sie im letzten Moment am Arm zurück.

„Sag mal, spinnst du? Du kannst doch nicht einfach dorthin gehen und eine Szene hinlegen!"

„Aber ..."

„Nichts aber", unterbrach sie ihre Freundin, „bist du von allen guten Geistern verlassen? Du bleibst hier, Mensch! Ein gezähmteres Temperament würde dir wirklich nicht schaden." Julia nahm ihr Glas und trank den restlichen Sekt in einem Zug aus und schielte dabei verstohlen in die Ecke.

„Julia, ich warne dich!"

„Was?"

„Tu nicht so scheinheilig. Ich kenne dich. Denk nicht mal dran!"

Julia zupfte unschuldig an ihrer Bluse. Sie war sich bewusst, dass Brigitte sie mittlerweile in- und auswendig kannte, um zu wissen, dass es in ihrem Kopf zuging wie bei einem Trommelfeuer in der Schlacht von Waterloo.

Dennoch hatte es ihre Freundin geschafft, dass sie auf dem Barhocker sitzen geblieben war. Das änderte sich allerdings schlagartig, als sie sah, wie sich Steve und seine Begleitung von ihren Plätzen erhoben und den Ausgang ansteuerten. Kurz entschlossen griff sie nach ihrer Tasche und hopste vom Hocker.

„Komm!"

„Was ist los? Wo willst du hin?"

„Ihnen nach."

Bevor Brigitte überhaupt realisierte, was los war, packte Julia sie bereits am Arm und zog sie hastig auf die Straße.

„Ich will sehen, wo die beiden hingehen."

„Glaubst du ernsthaft, dass das was bringt? Soll ich dich daran erinnern, dass sich Steve für Viktoria entschieden hat und dieser Kerl, den wir hier verfolgen, mein Chef ist?"

„Das ist mir egal. Ich muss wissen, was Sache ist …"

Sie hielt abrupt inne und horchte. Dabei vernahm sie eine Frauenstimme, die schallend laut lachte. Ein vorsichtiger Blick um die Hausecke und Julia sah, wie Steve die Beifahrertüre öffnete und die Dame einsteigen ließ. Er lief ums Auto und stieg ebenfalls ein.

Julias Augen füllten sich mit Tränen, als sie Zeuge wurde, wie sich die Frau im roten Kleid über ihn beugte und küsste.

„Komm, Julia. Das bringt doch nichts. Du quälst dich nur."

Brigitte fasste sie unter den Arm und zog sie weg. Julia nickte stumm und ließ sich von ihr wegführen.

„So ein hinterhältiges Schwein!", entglitt es ihr schluchzend, während sie im Schneidersitz auf der Couch saß.

„Schau mal, Liebes. Das ist jetzt genau das Richtige für uns."

Julia schaute zu Brigitte hoch und sah sie mit einer großen Packung Vanilleeis und zwei Löffeln vor sich stehen. Sie war einfach zu lieb. Es gelang ihr, damit ihrer Freundin ein Lächeln ins Gesicht zu zaubern.

„Brigitte, du bist die Beste. Ich habe dich so gern."

„Ich dich auch. Deshalb tut es mir weh, dich so leiden

zu sehen. Du hast etwas Besseres verdient als Steve Cremaut, obwohl er im Grunde nichts Verwerfliches gemacht hat. Er hat sich von dir getrennt und ist jetzt mit Viktoria zusammen."

Julia ließ die Schultern fallen und versuchte, die Traurigkeit zu überspielen. „Wer zum Teufel ist Steve Cremaut?"

Die beiden kicherten vergnügt, ungeachtet des brennenden Schmerzes, der unerbittlich in Julias Herz brannte.

Abgesehen von dem stetigen Tropfen der Wasserhähne und dem gelegentlichen Quietschen der Kühlschranktür füllte Stille Brigittes Apartment. Die Uhren tickten ihr monoton klingendes Lied, eine Melodie, die sonst hinter den Alltagsgeräuschen unterging. Jetzt aber hallte das Ticktack wie ein hohnvolles Echo von Julias pochendem Herzen.

„Und jetzt? Wie geht es weiter, Brigitte?", fragte Julia und kratzte mit dem Löffel das letzte Stück Vanilleeis aus der Packung.

„Wie es weitergeht? Gar nicht so dramatisch, wie du denkst!", erwiderte Brigitte entschlossen und räumte die leere Eispackung beiseite. „Was Steve macht, sollte dir keine schlaflosen Nächte bereiten. Du bist klug, talentiert und weitaus stärker, als du dich selbst einschätzt."

Julia schnaufte. „Klingt das nicht ein bisschen zu optimistisch? Ich fühle mich momentan wie der letzte Dreck."

„Julia, das darfst du nicht zulassen", insistierte Brigitte. „Für dich ist wichtig, dass du morgen aufstehst und dich dem stellst, was auf dich zukommt. Nicht für Steve, nicht für mich, sondern für dich selbst!" Nach einer kurzen Pause, in der nur das leise Summen des Kühlschranks ihre Konversation ablöste, hob Julia den Kopf und schaute ihre Freundin entschlossen an. „Du hast recht. Ich brauche einen Plan."

Brigitte nickte und überschlug ihre Beine. „Genau! Lass uns einen Plan schmieden. Vielleicht ist es für die Situation von Nutzen, erstmal Abstand von allem zu gewinnen, indem du eine kleine Auszeit nimmst."

„Das klingt zwar verlockend, aber ich kann doch nicht mal eben meinen Arbeitsplatz aufgeben und verreisen", gab Julia zu bedenken, während sie sich eine Strähne ihrer langen Haare hinter das Ohr strich.

„Nicht den Job hinschmeißen. Aber mal ein verlängertes Wochenende irgendwo außerhalb verbringen? Neue Eindrücke sammeln, ein wenig die Seele baumeln lassen. Etwas Distanz bewirkt manchmal Wunder."

Julia kratzte sich gedankenverloren am Kopf. „Es klingt verlockend, aber …"

„Kein Aber", unterbrach Brigitte sie sanft. „Denk nicht über das Aber nach. Eine andere Perspektive macht es dir leichter, neue Wege zu erkennen. Deine Energie zurückzugewinnen."

„Habe ich dir schon einmal erzählt, dass ich den Anfang eines Rezeptbuchs in der untersten Schublade liegen habe?", bemerkte Julia nachdenklich. „Ich habe nie ernsthaft damit gerechnet, dass ich es eines Tages fertig schreiben werde."

Brigitte strahlte. „Das ist perfekt! Nimm den Entwurf mit und arbeite auf deinem Trip daran. Schreiben hatte doch schon immer eine heilende Wirkung auf dich."

„Ja, stimmt", bestätigte Julia und ein Funke Hoffnung leuchtete in ihren Augen auf. Sie schnappte sich ihr Smartphone und startete die Suche nach einem kleinen Airbnb am See. Ein Ort der Ruhe und Inspiration sollte es werden.

„Ich bin stolz auf dich, Julia", sagte Brigitte und umarmte ihre Freundin fest. „Du bist so viel stärker, als du denkst."

Diese Nacht verbrachten sie damit, Unterkünfte zu durchstöbern und mögliche Handlungsstränge zu diskutieren. Erschöpft von den Ereignissen, aber mit einem Plan für die Zukunft, schliefen sie ein. Begleitet nur von dem sanften Rhythmus der Nachtwelt und dem Versprechen auf einen Neuanfang.

Mit dem ersten Licht des Morgens, das durch die Vorhänge fiel, erkannte Julia, dass Brigitte recht hatte. Es war Zeit für einen erneuten Neuanfang. Zeit, ihrem Leben eine neue Richtung zu geben. Der Abschied von Steve würde schmerzlich sein, aber sie war entschlossen, diese Seite zu wenden und etwas Zauberhaftes aus dem leeren Blatt Papier zu schaffen, das vor ihr lag.

Süße Rache

„Kommen Sie bitte rasch zu mir in den Laden."

Julia stellte die Schüssel auf den Tisch und eilte zu Fleur. „Sie haben mich gerufen?"

„Ja, Liebes. Ich möchte ihnen gerne Charles Cremaut vorstellen. Er ist der Inhaber der Cremaut-Prints."

„Es freut mich, Sie kennenzulernen, Herr Cremaut."

„Ich bin erfreut, Sie endlich persönlich zu treffen. Ihre Köstlichkeiten haben in unserer Firma schon einige Glücks-momente beschert."

„Es freut mich, dass Sie mit meiner Arbeit zufrieden sind. Jedoch gebührt das Kompliment eher meiner Chefin. Sie ist die Meisterin des Geschehens und ist für mich eine Inspirationsquelle ohnegleichen."

„Gewiss. Aber gezaubert haben Sie. Nicht wahr?"

Julia registrierte, wie sich ein verlegenes Erröten in ihrem Gesicht ausbreitete. Doch gleichzeitig pochte in ihr der Wunsch, diesem Kerl die Leviten zu lesen. Oh, sie hatte diesem Mann nicht verziehen, dass er gegen eine Verbindung zwischen ihr und Steve war. Er war es, der ihren geliebten Menschen nötigte, eine Frau zu heiraten, die ihm niemals dieselbe Liebe entgegenbringen würde, wie sie es vermochte. Während Julia mit ihren Emotionen rang, erschien Steve im Eingang. Sie drehte sich im richtigen Moment weg, um den Augenkontakt mit ihm zu vermeiden.

„Hier steckst du."

„Ja. Ich habe mich gerade mit diesen beiden reizenden Damen unterhalten."

„Angenehm." Mit einem kurzen, unverbindlichen Kopfnicken wandte er sich wieder seinem Vater zu. „Sehe ich dich noch?"

„Nein. Ich besorge hier noch etwas für deine Mutter und dann mache ich Feierabend."

„Okay. Ich bin noch einen Moment im Büro. Wir sehen uns morgen wieder. Auf Wiedersehen, die Damen."

„Ein netter Mann, ihr Sohn."

„Und ein tüchtiger Geschäftsmann. Manchmal etwas ungestüm, aber ich hoffe, das legt sich, wenn er verheiratet ist."

„Dann steht wohl bald ein freudiges Ereignis ins Haus?"

„Der junge Mann ziert sich noch ein bisschen. Jedoch ist die Frau, die ich für ihn ausgesucht habe, genau die Richtige für ihn. Er wird es schon noch merken."

„Junge Menschen brauchen manchmal etwas länger, um sich zu entscheiden. Ich bin mir sicher, dass ihr Sohn die richtige Auswahl treffen wird. Darf es sonst noch etwas sein, Herr Cremaut?"

„Das ist für heute alles. Schönen Abend wünsche ich ihnen. Auf Wiedersehen."

„Besten Dank, Herr Cremaut."

Innerlich brodelnd, kämpfte Julia mit dem Impuls, Fleur von Steves wahren Charakter zu erzählen, zog es dann doch vor, ihre tiefsten Gefühle für sich zu behalten. Nun war es offiziell. Steves Hochzeitspläne waren in Stein gemeißelt. Eigentlich war jetzt der Zeitpunkt gekommen, ihn hinter sich zu lassen und sich der Zukunft zuzuwenden. Aber eine wilde, ungestillte Wut rebellierte in ihr.

„Hallo Julia!"

Wie jeden Morgen strahlte Thomas über das ganze Gesicht, wenn seine Arbeitskollegin die Backstube betrat. Doch sie ignorierte ihn und brabbelte etwas Unverständliches vor sich hin. Sie hatte keine Lust auf Konversation. Ihr Blick haftete auf der Blütenpracht, die ihre Arbeitsfläche zierte. Sie trat näher. Ein süßlicher Rosenduft umschmeichelte ihre Nase. Dabei entdeckte sie einen Umschlag und öffnete ihn:

„Dieser Strauß soll dir, meine Zuckermaus, den Tag versüßen. Ich hoffe, dass wir uns bald zu einem Drink treffen werden. Ich sehne mich nach dir. Du bist die Einzige in meinem Herzen."

Ihre Hände zitterten und der Puls pochte bis zum Hals, gleichzeitig stieg Zorn in ihr hoch. Was bildete sich dieser Kerl ein! Am Freitag war er in den Armen seiner Blondine, gestern platzte die Bombe über seine Verlobung und Vaterschaft, und heute versuchte er erneut, sich in ihre Gunst zu schleichen.

„Falsch gepokert, Steve Cremaut! Du hast deine Pläne ohne mich geschmiedet. Ich bin nicht so naiv, wie du annimmst, und lasse mich nicht unter Wert verkaufen."

Sie griff nach dem Blumenstrauß und lief zielstrebig auf das Firmengebäude der Cremaut-Prints zu. Mit langen Schritten steuerte sie den Fahrstuhl an und eilte zum Büro des Junior-Chefs. Ohne anzuklopfen, riss sie die Bürotür auf und trat hinein. Steve saß gedankenversunken an seinem Arbeitstisch und schaute erschrocken hoch. Mit einer übertriebenen Handbewegung warf Julia ihm das Blumengebinde auf seine Akten.

„Was denkst du dir dabei? Hast du das Gefühl, dass

ich ein billiges Liebchen bin, dem man nur zu pfeifen braucht, und schon macht es die Beine breit? Was glaubst du denn, wer du bist? Du meinst, nur weil du eine Druckerei besitzt, könntest du jede flachlegen. Aber nicht mit mir. Ich lasse mich nicht ausnutzen, nur weil ich dich liebe und dich rattenscharf finde. Ich …"

Ihre Tirade kam zu Stillstand, als sie sah, wie das amüsierte Lächeln ihres Gegenübers mit verschränkten Armen ihre Worte begleitete. „Kannst du mir verraten, was hier so witzig ist? Es scheint, als wär' ich hier die Hauptdarstellerin einer Comedy-Show? Super, freut mich total und weißt du was? Die Blumen gibst du besser Viktoria, die ja deine zukünftige Frau ist. Einfach grandios! Der Playboy der Print Welt schlägt wieder zu." Julia drehte sich um und beabsichtigte den Raum zu verlassen.

„Warte!", befahl Steve.

„Was willst du?"

„Dir die Blumen zurückgeben. Die sind nicht von mir." Wieder huschte ein amüsiertes Lächeln über seinen Mund.

„Selbstverständlich, falls du es wünschst, bringe ich dir morgen frische. Ganz ohne Missverständnisse."

Julia wurde klar, dass sie tief in der Klemme steckte und sich in diesem Augenblick ordentlich blamiert hatte. Doch schnell fasste sie sich wieder und konterte mit spitzer Zunge:

„Egal. Das musste einmal gesagt werden!"

Blitzartig drehte sie sich um und verließ auf kürzestem Weg das Büro. Sie eilte aus dem Gebäude. Jede Sekunde lief in langsamem Tempo noch einmal an ihr vorüber.

Ihr wurde mit jeder einzelnen Sekunde bewusst, wie sehr die Pferde mit ihr durchgegangen waren.

Und Brigitte? Gewiss würde sie unweigerlich in Ohnmacht fallen, wenn sie davon erfuhr. Erst jetzt wurde Julia klar, dass sie diese Aktion ihren Job kosten könnte. Denn die Cremauts würden mit Sicherheit das Pierrot als Lieferant nicht mehr berücksichtigen. „Ich bin gewiss die dümmste Kuh, die je das Licht der Welt erblickte. Wie konnte ich das Fleur antun?"

Zurück in der Backstube spritzte sich Julia etwas Wasser ins Gesicht, strich die Lippen nach und überprüfte, ob die Haare ordentlich saßen. Sie atmete tief durch und ging zurück an ihren Arbeitsplatz. Dass sie Steve den ganzen Tag nicht mehr über den Weg gelaufen war, bescherte ihr ein Gefühl der Erleichterung, das beim Gedanken an den bevorstehenden Feierabend weiter wuchs.

„Du hast bitte was gemacht?", ungläubig starrte Brigitte ihre Freundin am Abend an und ließ um ein Haar den Kochtopf mit den Spaghetti fallen. „Julchen, das ist nicht dein Ernst!" Sie schüttelte den Kopf und konnte sich trotz der Hiobsbotschaft ein Lachen nicht unterdrücken. „Das bist wieder einmal du. Das Hitzköpchen mit der Leidenschaft, zur Explosion. Du weißt schon, dass du da euren besten Kunden zusammengestaucht hast?"

Julia zog eine Grimasse, die ihren Mundwinkel nach unten ziehen ließ und zupfte unbewusst an den Härchen ihrer Augenbraue.

„Ich weiß, Brigitte. Ich habe Mist gebaut. Aber ich konnte nicht anders. Und ehrlich gesagt hat es mir sehr gutgetan. Jetzt weiß er endlich, mit wem er es zu tun hat." Sie verschränkte ihre Arme mit fester Entschiedenheit und unterstrich ihre Aussage mit einem energischen Kopfnicken. Lachend prosteten sie sich mit ihren Teetassen zu.

„Wirst du es Fleur beichten?"

„Keine Ahnung. Einerseits ist es das Beste, wenn ich sie davon unterrichte. Andererseits ist es mir nicht nur peinlich. Ich habe Angst, meine Stelle zu verlieren. Ich liebe die Arbeit und auch Fleur habe ich gerne."

„Aber es ist doch besser, wenn sie es von dir erfährt, anstatt von den Cremaut Männern damit konfrontiert zu werden."

„Ich glaube nicht, dass Steve sie darauf anspricht. Er steckt genauso in der Patsche wie ich. Dann würde sie von seinem Ausrutscher mit mir erfahren. Und ich denke nicht, dass er sein Intimleben einer Fremden offenlegt."

„Ach, Julchen, hättest du damals nur auf mich gehört." Brigitte schaute ihre Freundin mitleidig an.

„Leider. Ich hätte deine Mahnung ernst nehmen sollen. Aber es ist nun mal passiert. Und es hätte nichts daran geändert, dass ich diesen Mann liebe."

„Siehst du wenigstens jetzt ein, dass es keinen Sinn ergibt, ihm nachzulaufen?"

Ein Seufzer verließ Julias Mund.

„Ich weiß nicht, ob ich ihn jemals vergessen kann."

„Gibt es eine Alternative? Etwa um ihn kämpfen? Julia, das bringt nichts. Damit landest du in einer Sackgasse. Du hast mir doch selbst erzählt, dass Charles die Hochzeit mit dieser Frau begrüßt. Eben. Und du wärst für ihn immer der Eindringling, der seine Pläne zunichtegemacht hat."

„Aber schlussendlich ist es doch Steves Entscheidung?"

„Gewiss. Es dürfte dir bestimmt nicht entgangen sein, dass auch er sich entschieden hat. Oder soll ich dich daran erinnern, dass er eure Beziehung zugunsten von dieser Viktoria beendet hat. Das sagt ja wohl alles."

Stumm nickend, musste Julia ihrer Freundin recht geben.

„Eben. Dann schau nach vorne."

„Wie soll das funktionieren?"

„Indem du dich ablenkst und dir die nötige Zeit gibst, das alles zu verarbeiten. Versuche, ihm möglichst aus dem Weg zu gehen."

„Wie denn? Er taucht fast täglich in der Konditorei auf. Das Beste wird sein, wenn ich von hier wieder weggehe."

„Blödsinn. Was bringt das? Was du brauchst, ist Ablenkung und eine Freundin, die dich dabei unterstützt."

Die Nacht brach herein und mit ihr kam ein Traum, klar und lebhaft. Als ob die Welt in flüssiges Blau getaucht wäre, stand Julia am Ufer des Wassers, ungewiss, ob es sich um einen See oder das Meer handelte. Barfuß und eng umschlungen mit Steve spazierte sie am Strand, während die Sonne eine wohltuende Wärme über ihre Haut legte. Die Boote tanzten leise im Rhythmus der Wellen, die sich sanft im Hafen auf und niederhoben.

„Schau mal, Liebling." Steve richtete den Zeigefinger auf die schimmernde, weiße Yacht, die majestätisch auf den sanften Wellen schaukelte.

„Sie ist bewundernswert."

„Wie du, Julia. Komm! Lass uns auf die Juliette gehen."

„Aber das dürfen wir nicht!"

„Doch. Komm mit. Sie gehört mir und ich habe sie nach meiner Traumfrau benannt."

Er fasste Julia um die Taille und lief mit ihr über den Bootssteg zur Yacht.

„Wohin soll ich dich fahren?"

„Zur sinkenden Sonne am Horizont, mein Liebster."

„Zu Befehl! Dein Kapitän bringt dich, wohin du willst."

Er lichtete den Anker und manövrierte das Schiff geschickt rückwärts aus der Hafenbucht. Weit draußen, wo das Wasser tief und offen war, lenkte Steve die Yacht in eine Kehrtwende und setzte zum vollen Tempo an.

Der Wind spielte mit Julias Haaren. Gemütlich rekelte sie sich auf der hellen Lederbank, ließ sich von der Sonne wärmen und atmete tief die salzige Meeresluft ein.

Unverkennbar beobachtete Steve sie mit einem sanften Lächeln, verlangsamte die Geschwindigkeit des Bootes und brachte es behutsam zum Stehen. Mit einer geschmeidigen Bewegung verankerte er im offenen Meer, verließ den Steuerstand und kam kurz darauf mit funkelnden Gläsern und Champagner zurück.

„Du überlässt nichts dem Zufall, oder?"

„Ich bemühe mich, dass du dich hier rundum wohlfühlst, Liebes."

Er ließ den Korken knallen und füllte die Gläser. Julia gab Steve einen zärtlichen Kuss.

„Prost mein Schatz und danke."

„Wofür?"

„Für das alles hier. Das hat noch nie ein Mann für mich getan."

„Es war mein Wunsch, Zeit mit dir allein zu verbringen und dir einen Teil aus meinem Leben zu zeigen."

Langsam verringerte Steve den Abstand zwischen ihnen, erfasste sanft ihr Gesicht und drückte seine Lippen auf ihre. Julia drängte sich an ihn, ließ ihre Finger über die Konturen seiner Schultern wandern, während eine wärmende Glut sie umfing und das Begehren zwischen ihnen wie ein wildes Feuer loderte.

Ein ohrenbetäubendes Geräusch riss Julia jäh aus ihren Träumen. Sie zuckte erschrocken zusammen. Im Nu richtete sie sich auf und ließ den Blick verwirrt durch das Zimmer schweifen. Verwirrung hielt sie gefangen, bis sie endlich verstand, dass sie sicher in ihrem Schlafgemach war und die Ereignisse nur in ihrer Vorstellung existierten. Ein Seufzer entwich ihren Lippen, bevor sie sich mühsam aus den Decken schälte. Sie trottete verschlafen in die Küche und warf einen Blick nach draußen.

Von nebenan drangen Jubel und das Knallen von Feuerwerk herüber. Ein sicheres Zeichen dafür, dass ihr Nachbar wieder einmal zum Gastgeber einer rauschenden Party wurde. Julia griff zur Flasche Merlot, füllte ein Glas mit dem rubinroten Wein und kehrte damit ins Bett zurück. Sie trank einen Schluck in der Hoffnung, die aufmüpfigen Schmetterlinge in ihrem Bauch zu beruhigen und die beständige Unruhe in ihr zu lindern.

Mit einem kräftigen Zug befreite sie das Glas von seinem restlichen Inhalt und stellte es auf den Nachttisch. Das hatte gutgetan. Sie hüllte sich in die wohlig warme Daunendecke und schaute durch das Dachfenster zum Mond hinauf. Ihre Gedanken schweiften zu Steve und sie fragte sich, was er wohl gerade machte. Sie ermahnte sich, mit diesem Gedankenkarussell aufzuhören. Doch es half nichts. Sie sehnte sich nach ihm. Nach seinen Armen, seinem Lächeln und dem Duft seines Rasierwassers.

Mit einem tiefen Seufzer löschte Julia das Licht und hoffte, dass sie die aufkommende Müdigkeit zurück in ihren Traum bringen würde.

Verborgene Gefühle und unerwartete Gesten

„Julia, hat sich etwas ereignet? Sie sind so verschlossen."

„Ich verstehe nicht, was sie meinen, Fleur."

„Sie kommen mir irgendwie verändert vor. Haben sich zurückgezogen und sprechen kaum ein freiwilliges Wort. Gefällt es ihnen bei mir nicht mehr?"

„Aber nein! Was denken Sie bloß? Ich liebe meine Arbeit bei ihnen und könnte mir keinen besseren Arbeitsplatz wünschen."

„Was bedrückt Sie dann? Bitte reden Sie mit mir, damit ich Sie verstehen kann."

„Wenn es nur so einfach wäre."

„Es scheint, als leiden Sie unter einer unglücklichen Liebe, nicht wahr?"

Mit einem schweren Seufzer ließ Julia ihren Kopf sinken und gab ein leises Nicken zur Antwort.

„Ich habe eine Idee. Wir beide machen es uns nach Feierabend gemütlich, ich koche uns etwas Leckeres und Sie erzählen mir alles, was ihr junges Herz betrübt. Einverstanden?"

„Fleur, Sie sind ein Engel."

Mit einem melancholischen Glanz in den Augen gab Julia ihr Einverständnis, ohne einen Laut von sich zu geben.

Wie im Café Pierrot zog sich in Madame Fleurs Wohnung ein warmes, einladendes Ambiente durch jeden Raum.

Julia sank in die weichen Kissen des alten Biedermeiersofas, bemustert wie die Vorhänge, und lies ihren Blick fasziniert im Raum umherschweifen. Überall erinnerten grüne Riesen an das innere eines tropischen Glashauses. Wo man hinsah, ragten stattliche Pflanzen empor, die sich strebend und suchend nach den Strahlen der Sonne ausstreckten, um die Nasen der Besucher zu betören. An den Wänden fanden sich Malereien, die stumme Zeugen alter Tage wiedergaben. Unter den Kunstwerken stach ein Bild hervor, das ihre Neugier weckte. Einzelgängerisch und doch faszinierend hing dort das Gemälde einer jungen Frau.

Ohne Zweifel war Julia überzeugt, dass die Porträtierte niemand anderes als Fleur war. Über ihrem Gesicht lag ein Schatten, geworfen von einem eleganten Hut, der opulent mit rosafarbenen und weißen Rosen am Saum besetzt war. Ein Nest aus goldenen Strähnen bildete die stilvolle Hochsteckfrisur auf ihrem Kopf.

„Sind Sie das?"

Leise lächelnd nickte Madame Fleur. „Ja, das bin ich. Oder was von diesem Bild übriggeblieben ist."

„Wie alt waren Sie da?"

„Ich war da um die dreißig. Soweit ich mich erinnern kann, wurde das Porträt kurz vor meiner Hochzeit gemalt. Wenn ich mich so betrachte, muss ich zugeben, dass ich damals eine Augenweide war. Es hatten ein paar junge Männer um meine Hand angehalten. Doch ich hatte nur Augen für Jean."

„Er muss ein bemerkenswerter Mensch gewesen sein."

„Oh ja, das war er! Ich kann mich noch genau an den Tag erinnern, an dem wir uns das erste Mal begegnet sind. Und ich bin meinen Eltern, Gott hab sie selig, bis heute dankbar, dass sie mich gezwungen hatten, an diesem Tag auf ihren Hund aufzupassen. Widerwillig schnappte ich mir die Leine und den Vierbeiner und spazierte mit ihm am Ufer des Sees entlang.

Es war ein heißer Sommertag. Die Sonne brannte unerbittlich auf die Erde. Ich erinnere mich, wie ich die leichte Brise, die über den See glitt, genoss. Wie aus dem Nichts stand auf einmal Jean vor mir. Groß, schlank, mit braunem Haar und barfuß. Hätte er damals Schuhe getragen, wären wir mit Sicherheit aneinander vorbeigelaufen, jeder in seine Richtung."

„Wie das denn?"

Ein befreites Lachen entfloh Fleurs Lippen. „Der Hund meiner Eltern erblickte die nackten Füße und rannte wie von einer Wespe gestochen darauf los und versuchte, den jungen Mann in die Zehe zu zwicken."

„Oh nein!", entfuhr es Julia und brach in helles Gelächter aus.

„Sie verstehen sicher, wie sehr ich mir in dieser Sekunde gewünscht habe, im Boden zu versinken."

„Und Jean?"

„Er quittierte es mit einem herzlichen Lachen. Und so sind wir dann ins Gespräch gekommen. Wir trafen uns danach ein paar Mal und lernten uns lieben."

„Was für ein romantisches Liebesmärchen zwischen euch beiden."

„Wir waren sehr glücklich zusammen, obwohl es uns nicht vergönnt war, Kinder zu bekommen. Jean war als kleiner Junge an Mumps erkrankt und wurde dadurch zeugungsunfähig."

„Das ist traurig. Sie wären bestimmt eine fürsorgliche Mutter gewesen und mit Sicherheit heute eine liebevolle Oma. Woran ist Jean gestorben?"

„Er hatte einen schweren Autounfall. Bei der Auslieferung der Backwaren übersah ihn ein Lastwagen und prallte ungebremst in ihn. Jean verstarb noch auf der Unfallstelle."

„So eine Tragödie, ich kämpfe mit den Tränen."

„Unvermittelt stand ich vor den Trümmern meines bisher unbeschwerten Lebens. Anfänglich sehnte ich mich danach, dem Schmerz durch meinen eigenen Tod zu entfliehen. Es dauerte eine Weile, bis ich mein Leben in den Griff bekam und meinen Weg gefunden hatte."

„Oh, das muss unerträglich für sie gewesen sein."

„Aber jetzt zu ihnen, Julia. Was bedrückt Sie?"

„Ach, Fleur, wo fange ich an? Es fällt mir schwer, meine Gefühle offenzulegen."

„Ich habe es doch vorhin auch geschafft. Und wenn ich das hinkriege, schaffen Sie das ebenfalls."

Julia erzählte ihr von Holger, dem wahren Grund, weshalb sie nach Genf gezogen war, und bog das Gespräch langsam auf Steve.

Während Madame Fleur aufmerksam den Erzählungen folgte, griff sie immer wieder nach den kleinen Canapés. Julia schloss ihren Bericht und schaute sie mit hilflosen Augen an. Nach einem langen Moment der Stille nahm Fleur das Gespräch wieder auf.

„Ich verstehe ihre Traurigkeit, Kindchen. Fakt ist, dass Steve gebunden ist. Er war schon des Öfteren mit dieser Viktoria hier. Dass er sich mit ihnen eine Affäre erlaubt hat, hätte ich ihm nicht zugetraut."

„Warum nicht? Mir ist zu Ohren gekommen, dass er den Ruf als Frauenheld mit sich trägt."

„Er hat mit Sicherheit einen gewissen Charme, aber Frauenheld ist meiner Meinung nach übertrieben. Und dass er ein attraktiver, gepflegter Mann ist, ist schwer zu ignorieren. Es liegt daher nahe, dass er auch bei anderen Frauen Begeisterung weckt. Es gibt wohl kaum einen Burschen, der es nicht gerne hat, umschwärmt und bewundert zu werden. Aber ihm zuzuschreiben, er würde mit jeder ins Bett steigen", murmelte sie halblaut und bewegte zweifelnd ihren Kopf. „Nein, das kann ich mir bei ihm nicht vorstellen. Wie wird es jetzt weitergehen?"

„Keine Ahnung, Fleur. Es fällt mir schwer, zu akzeptieren, dass er sich für Viktoria entschieden hat, weil sie ein Kind von ihm erwartet."

„Lieben Sie diesen Mann?"

„Sehr sogar."

„Dann kämpfen Sie um ihn."

„Wie denn? Er ist verlobt und wird Vater. Er hat beschlossen, zu seiner Verantwortung zu stehen."

„Sind Sie sicher, dass er sich eigenständig für die Eheschließung entschieden hat? Ich habe das Gefühl, dass diese Hochzeit vor allem vom Willen seines Vaters getrieben wird. Ich habe einmal gehört, dass diese Viktoria eine wohlhabende Fabrikanten-Tochter ist und eines Tages ein Millionenerbe antreten wird. Andererseits ist er auch ohne eine Beziehung zu ihr in der Lage, für das Wohl des Kindes zu sorgen. Aber es zeigt, dass er mit diesem Entscheid durchaus mit beiden Beinen auf dem Boden steht."

„Und Viktoria ist eine lukrative Partie."

„Das will ich meinen. Da kann man schon mal darüber hinwegsehen, dass die Liebe dabei nur zweitrangig ist."

„Ich habe sie einmal zusammen in einer Bar getroffen. Eine bildhübsche Frau. Ich bin mir sicher, sie hat das Potenzial dazu, Steves Zuneigung zu erobern."

„Das Aussehen ist in einer Ehe nicht das Wichtigste. Ich bin überzeugt, dass Sie viel mehr Liebe und Herzlichkeit besitzen als Viktoria. Die Dame wirkt auf mich recht unnahbar und reserviert. Sie hingegen strahlen Lebensfreude und Wärme aus. Sie lachen und gehen offen auf die Menschen zu."

„Ich vermute nur, dass ich meine Chance bei ihm verspielt habe."

„Wieso das?"

Julia erzählte ihr die ganze Geschichte mit dem Blumenstrauß. Wie gebannt hing sie an ihren Lippen. Als sie mit ihrer Ausführung zu Ende war, klatschte Fleur in die Hände und lachte.

„Julia, Sie sind echt bombig! So viel Pfeffer im Hintern hätte ich ihnen nicht zugetraut. Herrlich!"

„Das begeistert Sie ernsthaft?"

„Ja! Denn Sie zeigen Mut und Entschlossenheit. Ich an Herrn Cremauts Stelle hätte Sie schon längst geheiratet. So eine toughe Frau findet man nicht so schnell. Im Ernst, Julia …", ihre Stimme wurde leiser, „geben Sie ihre große Liebe nicht klaglos auf. Kämpfen Sie um ihn. Sie können nur gewinnen.

Und wenn er Sie nicht zu schätzen weiß, ist er ein Trottel. Wissen Sie, manche Männer brauchen länger, um zu merken, wie der Hase läuft. Geben Sie ihm etwas

Zeit, um aus seinem Nebel herauszufinden."

„Und bis dahin?"

„Ziehen Sie sich etwas zurück, bleiben jedoch immer wahrnehmbar. Das ist wichtig. Keine Sorge, dass packen wir zusammen. Ich schätze es sehr, dass wir so direkt und freimütig miteinander sprechen."

Ehe sie sich umsahen, hatte der Tag sich verabschiedet.

„Ich wünsche ihnen eine erholsame Nacht, Madame Fleur und bedanke mich herzlich für den angenehmen Abend."

„Schlafen Sie gut, Julia. Bis morgen."

„Haben Sie gesehen, wer im Café Platz genommen hat?"

„Wer denn?"

Fast unmerklich deutete Madame Fleur mit dem Kinn an die Stelle. Julias Blick folgte ihrer Gestik. Ein rascher Puls durchflutete Julia, als ihre Augen auf das wohlbekannte Gesicht trafen. Doch Steve war nicht allein. Viktoria und sein Vater nahmen ebenfalls bei ihm am Tisch Platz.

„Seien Sie nicht traurig, meine Liebe. Lassen Sie mich nur machen und erinnern Sie sich daran, was ich ihnen gestern gesagt habe. Im Hintergrund bleiben und dennoch präsent sein. Ich habe auch schon einen Plan."

„Und der wäre?"

„Ich gehe jetzt zu ihnen an den Tisch und Sie kommen einen Augenblick später nach und nehmen die Bestellung auf."

„Aber ich habe noch nie bedient."

„Für die Liebe ist das doch ein Klacks", meinte sie

zwinkernd und steuerte geradewegs den Tisch an. Unvermittelt nahm sie das Gespräch auf und bedeutete Julia mit einem kurzen Blick, sich zu nähern.

„Strahlendes Wetter haben wir heute, nicht wahr? Ah, da kommt meine liebste Hilfskraft. Frau Berger kennen Sie ja schon und konnten sich bereits von ihrem Talent überzeugen. Sie erinnern sich sicher an das letzte Catering."

„Stimmt", fügte sich Charles Cremaut in das Gespräch ein.

„Sie haben die leckeren Canapés gezaubert."

Ein leises Brennen kündete von der Röte, die Julias Gesicht überzog. Fast unbemerkt zeichnete sich ein feines Lächeln auf Steves Lippen ab, während sein Blick ihr verstohlen begegnete. Selbstverständlich blieb dieses Detail der aufmerksamen Fleur nicht verborgen. Geschickt lenkte sie das Gespräch auf Steve, indem sie sich ihm zuwandte.

„Ihr zwei kennt euch doch schon, oder?"

Mit einem leisen Räuspern und errötenden Wangen suchte Steve nach Worten.

„Stimmt, wir hatten schon mal das Vergnügen."

Julia erkannte, dass es nun an ihr lag, etwas beizutragen. Ratlos, was sie sagen sollte, entschied sie sich, nach den Getränkewünschen zu fragen. „Habt ihr schon eine Vorstellung, welche Getränke ich euch servieren darf?"

Sorgfältig hielt sie die Bestellungen fest und zog sich dann zügig zurück. Fleur nickte zufrieden und bewegte sich elegant auf Julia zu. „Das haben Sie klasse hingekriegt. Ich nehme es von hier an in die Hand. Sie warten hier, während ich die Bestellung ausführe."

„Aus welchem Grund?"

„Ich bin neugierig, ob Steve bei ihnen auftauchen wird."

„Sie sind unglaublich."

„Erinnern Sie sich nicht mehr? Ich habe ihnen doch gestern ein Versprechen gegeben."

Ein leichtes Blinzeln ihres linken Auges, ein schneller Griff nach dem Servierbrett, und im nächsten Moment schlenderte sie zum Tisch zurück.

Minuten vergingen, ohne dass sich etwas regte, und Julias Geduld neigte sich dem Ende zu. Plötzlich stand die Dreiergruppe auf und steuerte den Ausgang an. Mit einem Anflug von Enttäuschung folgte ihr Blick den drei sich entfernenden Gestalten. Im letzten Augenblick und leise wie ein Flüstern im Wind, kehrte Steve sich zu ihr um. Seine Mundwinkel hoben sich in einem sanften Lächeln und eine fast unsichtbare Geste seines Winkens folgte. Ein zartes Lächeln umspielte Julias Lippen, als Antwort auf das seine.

„Na also! Wer sagt's denn?"

Reflexartig richtete Julia ihre Aufmerksamkeit nach hinten, wo Fleur mit einem Lächeln auf den Lippen stand.

„Genau wie vermutet!"

„Was?"

„Ich sage nur Nebelschleier."

Mit einem kichernden Glucksen drehte sie sich um und verschwand hinter dem Vorhang.

Die Tage vergingen wie im Flug und das Café Pierrot blühte unter Madame Fleurs Leitung und Julias fleißigem Schaffen in einer fast schon heiteren Routine. Das

Gemurmel der zufriedenen Gäste mischte sich mit dem Klappern von Tassen und dem Duft von frischem Gebäck.

Julia war zweifelsohne in ihrem neuesten Lebenskapitel angekommen und obwohl sie demütig ihre Rolle als Madame Fleurs rechte Hand annahm, blieb ein Teil ihres Herzens schwer und unerfüllt. Die heimlichen Blicke und Gesten von Steve trieben sie fortwährend in einen gleichermaßen verzauberten wie qualvollen Zustand der Hoffnung und Sehnsucht. Madame Fleurs Worte von Angebot und Rückzug tanzten ihr ständig vor dem inneren Auge und Julia versuchte verzweifelt, den schmalen Grat zwischen Interesse zeigen und unaufdringlich sein, zu navigieren.

Versüßte Vergangenheit und zukünftige Versprechen

„Julia kommst du bitte in den Laden? Es ist Kundschaft da. Eine Bestellung für eine Hochzeitstorte."

„Sofort!" Sie legte ihre Schürze ab und folgte Melanie hinter die Ladentheke. Für einen Herzschlag lang verharrte sie in dem Moment, als sie erkannte, wen sie bedienen sollte. Geschickt verbarg sie ihre Überraschung und grüßte freundlich.

„Guten Tag. Sie wünschen eine Hochzeitstorte?"

„Genau", antwortete die Frau.

Julia griff in die Schublade und öffnete den Präsentationsordner, der prall gefüllt war mit Tortenmodellen. Dabei schielte sie kurz in Steves Augen und zog die Augenbraue hoch. Verlegen senkte er den Blick auf den Boden. Es war nicht zu übersehen, dass ihm die Situation unangenehm war. Dafür dominierte Viktorias Eifer umso mehr. Hastig blätterte sie in den Unterlagen.

„Nur damit Sie Bescheid wissen", startete sie „wir könnten uns durchaus eine prunkvollere Ausführung vorstellen als bei den hier gezeigten Mustern."

„Es ist kein Problem, die Torten individuell anzupassen. Das betrifft die Geschmacksrichtung, die Größe und die Dekoration."

„Was meinst du dazu, Liebling?"

Steve zupfte an seiner Krawatte. „Nicht übel."

Seine Verlobte ließ sich von seinem zaghaften Verhalten nicht beirren. „Wissen Sie", setzte sie ihren Wortschwall erneut in Gang, „unsere Hochzeit soll etwas

Besonderes werden. Schließlich ist mein Bräutigam der Junior-Chef von Cremaut-Prints und nicht einfach ein irgendwer. Aber das wissen Sie bestimmt."

„Viktoria, bitte."

„Was denn? Ich darf doch sicher darauf hinweisen, aus welchen Familien wir stammen."

„Das weiß hier garantiert jeder, ohne dass du es extra erwähnst." Sein Blick bohrte sich in Julias Augen. Es war ihr fast, als demonstrierte er mit rollenden Pupillen seinen Unmut.

Julia lächelte milde, versuchte krampfhaft, in ihrer Stimme die professionelle Wärme zu bewahren, die zum Service des kleinen, aber feinen Geschäfts gehörte.

„Selbstverständlich ist es uns wichtig, dass ihre Hochzeitstorte ihren Vorstellungen entspricht und den besonderen Tag in ihrem Leben entsprechend würdigt." Sie blätterte im Präsentationsordner weiter und zeigte auf eine mehrstöckige Torte, die mit handgefertigten Zuckerblumen verziert war. „Etwas in dieser Art vielleicht?", schlug sie vor, während sie Viktorias enthusiastisches Nicken bemerkte.

„Ja! Genau so was hatte ich im Sinn!", rief Viktoria aus, bevor sie sich zu Steve drehte, dessen Gesichtsausdruck noch immer einen Hauch von Unbehagen aufwies. „Zusätzlich stellen wir uns vor, ein spezielles Element einarbeiten zu lassen, dass an Cremaut-Prints erinnert. Nicht wahr, Liebling?"

Steve nickte zaghaft und wandte sich wieder Julia zu, die sich bemühte, ihrerseits nicht mit den Augen zu rollen. In Julias Kopf überschlugen sich die Gedanken, wie es möglich war, das Logo einer Druckerei in das

Design einer Hochzeitstorte einzubinden, ohne dass es fehl am Platze wirkte.

„Das lässt sich mit ein paar Handgriffen umsetzen", antwortete Julia und skizzierte mental das Design. „Wie wäre es mit einem zarten Fondant-Relief, das die Struktur ihres Firmenlogos aufgreift? Eingebettet in die unterste Stufe der Torte, subtil und elegant, nicht zu aufdringlich", erklärte sie, ihre Vision mit Leben füllend. Viktoria klatschte begeistert in die Hände. „Oh, das klingt nach meinen Vorstellungen! Steve, findest du nicht auch?"

Sein Blick wechselte kurz von Viktoria zu Julia. „Ja, das klingt nach einem perfekten Plan", sagte er, wobei ein kaum merkliches Lächeln seine Lippen umspielte.

Als die Details besprochen waren und Viktoria sich mehreren Textnachrichten auf ihrem Smartphone widmete, sah Steve seine Chance für einen privaten Moment mit Julia.

„Ich entschuldige mich. Für …", er stockte, „für alles."

Julia richtete ihren Blick fest auf ihn. „Es ist okay, Steve. Das ist Vergangenheit. Wir sind beide weitergezogen." Ihre Worte klangen beherrscht und schlossen das Kapitel ein für alle Mal ab.

„Danke, Julia", flüsterte er, bevor Viktoria mit einem erwartungsvollen „Machen wir weiter?" in das Gespräch zurückkehrte.

Julia nickte und wandte sich wieder ihren Notizen zu. Innerlich aber quälte sie eine Mischung aus Bedauern und Erleichterung. Sie war sich bewusst, dass es das Beste war, doch in seinem Blick hatte sie für einen Sekundenbruchteil den Steve von früher gesehen. Den Mann, den sie einst gekannt und geliebt hatte.

Julia stärkte ihren Rücken, als sie in das strahlende Gesicht ihrer ehemaligen Flamme schaute, fest entschlossen, diese zermürbende Begegnung mit Professionalität und Anmut zu meistern. Während Viktoria an ihrem Smartphone tippte, ließ sie ihre Finger über das Papier gleiten und notierte die bedeutsamen Details. Ihre Handschrift war fließend und kontrolliert – ein perfekter Spiegel ihrer momentanen Fassade.

„Und wie sieht es mit den Geschmacksrichtungen aus?", unterbrach Julia die plötzliche Stille, ihre Augen weiterhin auf die Liste vor ihr gerichtet. „Haben Sie diesbezüglich schon eine Vorstellung?"

Viktoria sah von ihrem Handy auf, ein kurzer Schatten von Ungeduld über ihr Gesicht huschend, bevor sie sich wieder in die Tortendiskussion einbrachte. „Es versteht sich von selbst, dass es etwas Hochwertiges sein soll. Wie wäre es mit einer Kombination aus dunkler Schokolade und Himbeere für eine Stufe und Zitronen-Biskuit mit Holunderblütencreme für eine andere?"

Julia nickte und schrieb die Vorschläge auf. „Eine köstliche Wahl", bestätigte sie. „Ich bereite ihnen gerne Probeportionen vor, damit Sie die Geschmäcker vorab testen können."

Steve, der ein Stück zurückgetreten war, nickte langsam, ein zufriedener Schimmer in seinen Augen. „Das ist eine brillante Geste. Nichts ist ärgerlicher, als eine Hochzeitstorte, die zwar lecker aussieht, aber keiner isst."

Ein leises Schmunzeln entwich Julia, echter als sie es

beabsichtigt hatte, und für einen Moment verband sie mit Steve wieder das Lachen von einst, die geteilten Blicke, die Stille, die zwischen ihnen so viel sagte. Sie biss sich auf die Lippe, ihre Augen kehrten schnell zurück zu ihren Notizen, bevor jemand ihr kurzes Innehalten bemerken konnte.

„Wir stellen sicher, dass sowohl das Aussehen als auch der Geschmack unvergesslich werden", versicherte sie, während sie sich mental sammelte.

Viktoria, wieder in das Gespräch vertieft, nickte zufrieden.

„Ausgezeichnet. Ich schicke ihnen mein Pinterest-Board, damit Sie einen Eindruck von der dekorativen Richtung bekommen, die ich mir vorstelle."

„Perfekt, das hilft uns, ihre Vision zu realisieren", antwortete Julia und schloss das Auftragsbuch, um den Termin zu beenden.

Während sie sich zu einem professionellen Abschied erhob, hielt Steve einen Moment lang ihre Hand in seiner. „Du bist bemerkenswert, Julia. Keiner schafft es so wie du, jemandem Freude zu bereiten."

Ihre Finger zuckten überrascht, doch sie lächelte nur, und befreite sanft ihre Hand. „Das ist mein Job, Steve. Ich wünsche euch alles Gute für die Hochzeit."

Als die beiden den Laden verließen, ließ sich Julia auf einen Stuhl fallen und starrte einige Momente auf den Präsentationsordner vor sich. Die Türklingel, welche die Abreise des Paares angekündigt hatte, schien immer noch in ihren Ohren zu läuten.

Unverhofft musste sie sich eingestehen, dass diese Begegnung sie innerlich mehr aufwühlte, als sie befürchtet hatte. Steve hatte einen neuen Weg in seinem Leben gewählt, auf dem kein Platz für alte Liebe war. Sie schüttelte den Kopf, um die aufkommende Schwermut zu vertreiben, sammelte die Entwürfe zusammen und verstärkte damit ihre Entscheidung, sich auf die Zukunft ihres eigenen Lebens zu konzentrieren – das Geschäft, ihre Passion, ihre Torten.

Ein neuer Morgen und unerwartete Wege

Der frische Morgen begann mit einem sanften Sonnenaufgang, der den Himmel in warme Farbtöne von Rosa und Orange tauchte. Die Luft war kühl und klar, und die Welt erwachte langsam zum Leben. Vögel zwitscherten fröhlich, während sie ihre ersten Flüge des Tages antraten. Tau glitzerte auf den Blättern der Bäume und Gräsern, und ein leichter Nebel hing über den Feldern. Es war eine Zeit der Ruhe und des Friedens, die ein Gefühl der Erneuerung und der Möglichkeiten mit sich brachte.

Julia verließ das Haus und schritt den Weg entlang, der direkt zur Konditorei führte. Wie ein Blitz aus heiterem Himmel schnellte ein Krankenwagen hinter ihr hervor und bog mit hoher Geschwindigkeit in die kleine Querstraße ein, an der das Pierrot lag. Lautstark durchschnitt sein Sirenenalarm die Stille der engen Straße. Reflexartig zog Julia sich an den Straßenrand und ließ den Rettungswagen passieren. Ein impulsiver Herzschlag durchzuckte sie, gefangen von dem Anblick des hastig entschwindenden Einsatzfahrzeugs. Es war ein Moment der Hektik und des Adrenalins, als das Gefährt an ihr vorbeischoss.

Was war geschehen? Ein Notfall? Ein Unfall?

Mit einem ruckartigen Halt stoppte das Fahrzeug vor dem Café und die Sanitäter sprangen heraus. Unvermittelt wurde ihr klar, dass Fleur etwas zugestoßen war.

Sie rannte auf ihre Chefin zu, die mit blasser Miene und bebenden Gliedern auf einer Bahre fixiert wurde.

Die Sanitäter waren dabei, Erste Hilfe zu leisten, und informierten Julia über Fleurs Herzinfarkt.

„Erlauben Sie, dass ich Madame Petitpierre ins Krankenhaus begleite?"

„Sind Sie mit ihr verwandt?"

„Nein, eine Angestellte. Fleur ist allein. Sie hat keine näheren Angehörigen."

„In Ordnung. Nehmen Sie Platz."

Mit Blaulicht und Sirene jagte der Krankenwagen durch die Straßen, bis er vor der Notfallaufnahme zum Stehen kam. Mit gebotener Eile wurde Fleur aus dem Rettungsfahrzeug gehievt und zügig in die Notaufnahme geleitet.

„Ab diesem Punkt ist nur das medizinische Personal zugelassen und ich bitte Sie, im Wartezimmer zu bleiben."

Bange Minuten auf der Armbanduhr zogen sich wie eine Ewigkeit, jede Sekunde ein Kampf gegen die Stille. Die angesammelte innere Spannung stand unmittelbar vor dem Kollaps. Die Anspannung hatte Julia in einen Zustand gebracht, als stünde sie kurz davor, unter der Belastung zu zerbersten. Unzählige Minuten verstrichen, bevor sich ein Arzt ihrem Platz näherte.

„Sind Sie Julia Berger?"

Sie nickte und bestätigte seine Frage mit einem leisen „Ja".

„Unsere Untersuchungen haben ergeben, dass Madame Petitpierre einen Herzinfarkt erlitten hat. Sie ist momentan stabil, steht gleichwohl vor einer langwierigen Genesungszeit."

„Ist es möglich, dass ich sie kurz besuche?"

„Okay, aber nur für einen Moment. Ihre Kraftreserven sind zurzeit minimal und sie braucht vor allem eins: Ruhe."

Sie betraten den Notfallraum, in dem Fleur reglos dalag, umgeben von einem Gewirr medizinischer Schläuche.

Ein kalter Schauer lief Julia bei ihrem Anblick über den Rücken. Fleurs Augen, schwer von Müdigkeit, fokussierten die junge Frau kurz und eine zaghaft angehobene Hand begrüßte sie stumm. Mit mühsam zurückgehaltenen Tränen trat Julia an das Bett der Patientin heran.

„Bitte weinen Sie nicht, meine Liebe. Ich lebe doch."

„Ach, Fleur, ich hatte so Angst um Sie. Haben Sie Schmerzen?"

Sie verneinte geschwächt mit einer seitlichen Bewegung des Kopfes.

„Gibt es irgendetwas für Sie zu erledigen?"

Kaum wahrnehmbar nickte sie und ihre Lippen formten stille Worte, die sich nur als zartes Wispern manifestierten.

„Ich übergebe ihnen die Verantwortung für das Geschäft, bis ich zurückkehre."

Bestürzt starrte Julia sie an. Ein mattes Lächeln umspielte ihre Lippen.

„Ich bin mir sicher, dass Sie diese Herausforderung bewältigen, Julia. Mein Vertrauen gehört ihnen. Sie schaffen das." Ein müder Schleier legte sich über ihre Augen.

„Lassen wir Madame jetzt ruhen. Ich bitte Sie, mitzukommen."

Julia folgte dem Arzt, der sie in ein angrenzendes kleines Zimmer geleitete.

„Ist eine Einschätzung, wie lange ihre Behandlung hier andauern wird, zum jetzigen Zeitpunkt schon möglich?"

„Nein. Die nächsten Stunden sind von großer Bedeutung, dennoch ist von einer Genesungszeit von mehreren Wochen auszugehen."

„Sie wird sich doch vollständig erholen, oder?"

„Das Team arbeitet mit höchster Kompetenz, konkrete Ergebnisse lassen sich aber jetzt noch nicht vorhersehen."

„Ab wann ist es möglich, sie zu besuchen?"

„Es wäre ratsam, wenn sie momentan ungestört bleibt. Sobald ich feststelle, dass eine Visite Madame Petitpierre nicht überfordert, melde ich mich umgehend bei ihnen. Hinterlassen Sie doch bitte bei der Stationsschwester ihren Namen und die Rufnummer."

„Ich kümmere mich darum und leite meine Kontaktdaten weiter. Danke für alles, Herr Doktor."

Ein rauer Herbstwind peitschte ihr entgegen, als sie das Krankenhaus verließ. Einzelne rotgefärbte Blätter fanden den Weg auf das Kopfsteinpflaster. Julia setzte sich auf eine Bank und schloss ihre Augen. Traurigkeit und Hilflosigkeit vereinten sich zu einem Lauf der Tränen, die schwer und doch befreiend waren. Was würde werden? Fleur zu unterstützen und ihren Willen zu erfüllen, war das Mindeste, was Julia tun konnte.

Ungeachtet der Ereignisse war es notwendig, dass der Betrieb wie gewohnt weitergeführt wurde. Es war ihr Lebenswerk. In diesem Moment kam ihr die Bürde, die

Fleur ihr am Krankenbett aufgeladen hatte, schier unüberwindbar vor. Aber sie würde es nicht übers Herz bringen, ihre Chefin zu enttäuschen. Der Weg ins Café erschien endlos. Alle Mitarbeitenden hatten sich vor der Treppe versammelt und warfen Julia sorgenvolle Blicke zu.

„Folgt mir", brachte sie kurz heraus und ließ die Tür nach ihrem Eintritt rasch ins Schloss fallen. Es war ihr nicht möglich, den Laden jetzt für die Kundschaft zu öffnen. Zunächst war es notwendig, das Team über die dringenden Neuigkeiten in Kenntnis zu setzen.

„Es fällt mir schwer, das zu sagen, aber es gibt traurige Nachrichten."

Ein leises Murmeln breitete sich unter den Anwesenden aus.

„Was ist los?", erkundigte sich Thomas mit angespannter Stimme.

„Ich komme soeben aus dem Krankenhaus. Fleur wurde heute Morgen mit dem Sanitätswagen eingeliefert. Sie hatte einen Herzinfarkt."

„Ist sie …?", hakte Thomas nach.

„Nein. Fleur lebt. Dennoch ist sie in einem äußerst fragilen und geschwächten Zustand. Ich hatte Gelegenheit, mit dem behandelnden Arzt zu sprechen. Die nächsten Stunden sind entscheidend. Sie braucht im Moment Ruhe und wird voraussichtlich für etliche Wochen, wenn nicht sogar Monate weg sein."

„Das ist doch nicht möglich!", rief Melanie dazwischen.

„Es ist leider so. Fleur hat mich beauftragt, in ihrer Abwesenheit die Leitung des Betriebs zu übernehmen.

Ich hoffe, auf eure Unterstützung zählen zu können. Fleur braucht uns jetzt alle. Packen wir es zusammen?"

„Wir stehen geschlossen hinter dir! Gemeinsam meistern wir diese Hürde", versprach Melanie.

„Einen großen Dank an euch alle." Abermals kämpfte Julia mit dem Glanz der Tränen, während sich ein Gefühl der Mattigkeit in ihr ausbreitete.

Thomas' Hand berührte sanft ihre Schulter. „Setz dich einen Moment hin. Du bist blass im Gesicht. Ich bringe dir einen kräftigen Kaffee."

„Es ist an der Zeit, das Geschäft zu öffnen."

„Wir erledigen das. Trink jetzt erst mal den Espresso. Der wird dich stärken."

Julia dankte es ihm mit einem stummen Lächeln. Sie nahm den Kaffeebecher entgegen und setzte sich auf einen der freien Stühle. Sie war dankbar für die Wärme des Getränks, das ihr etwas Trost spendete. Ihre Gedanken wanderten zu Fleur. Es war ihr Traum, die Welt mit ihren bunten und duftenden Kreationen zu erfreuen. Fleur war immer die kreative Seele, die mit ihrem Charme und ihrer Leidenschaft die Kunden begeisterte.

Julia war eher die Praktische und Zurückgezogene, die sich um die Patisserie und die Bestellungen kümmerte. Sie ergänzten sich perfekt und waren mehr als nur Kolleginnen.

Sie waren wie Schwestern. In diesem Moment lag sie im Krankenhaus. Es war ein Wunder, dass sie überlebt hatte. Aber wie es um ihre Genesung stand, vermochte niemand vorauszusagen. Julia fühlte sich hilflos und allein. Wie war es möglich, ohne Fleur weiterzumachen?

Wie sollte sie den Laden schmeißen, die Kunden bedienen, die Backwaren arrangieren? Und wie sollte sie Fleur beistehen, wenn sie aufwachte? Was würde sie sagen, wenn sie sah, wie ihr erfolgreicher Laden in Julias Händen verwelkte? Sie schüttelte den Kopf und versuchte, diese düsteren Gedanken zu verdrängen.

Nein. Sie würde tapfer und pflichtbewusst sein – für Fleur, für sich, für alle. Es war wichtig, für die Zukunft des Pierrots zu kämpfen. An Fleurs Visionen, die noch nicht ausgeträumt waren. Julia war fest entschlossen, zu beweisen, dass sie an ihrer Seite stand, egal was passierte. Und sie würde sich Hilfe holen, von Thomas, von Melanie, von den treuen Stammkunden, von den Lieferanten. Sie war nicht allein, sie hatte ein Team, das sie unterstützte. Sie würden das schaffen, zusammen.

Julia trank den letzten Schluck Kaffee aus und stand auf. Sie lächelte Thomas dankbar an und näherte sich Melanie, die soeben die Tür aufschloss.

Mit einer herzlichen Geste schloss sie ihre Arbeitskollegin in die Arme und sagte: „Wir schaffen das. Wir packen das für Fleur."

Melanie nickte und drückte sie zurück. Dann öffnete sie die Tür und begrüßte die ersten Kunden des Tages mit dem Duft von frischem Brot, Kuchen und Kaffee.

Melanie positionierte sich hinter dem Tresen, während ihre blonden Locken sich unter der Stoffschürze hervorwagten. Mit einem herzlichen Lächeln und einer freundlichen Begrüßung empfing sie die Kundschaft, deren Wünsche sie nach jahrelanger Bekanntschaft längst auswendig kannte. Die Kunden standen Schlange, um ihre Bestellungen aufzugeben. Unter ihnen waren ein junges Paar, das sich verliebt anlächelte, eine alte

Dame, die einen Korb voller Brötchen trug, und ein kleiner Knabe, der seine Mutter an der Hand hielt.

Eilig betrat Julia die Backstube und stürzte sich in die täglichen Aufgaben: Den Teig zu einer perfekten Konsistenz kneten, die Brötchen liebevoll in Form bringen und sie dann in den heißen Ofen schieben. Schon bald durchströmte der betörende Duft von ofenfrischem Brot den gesamten Raum, so intensiv, dass sie die leisen Schritte der Person, die unbemerkt hinter sie getreten war, überhaupt nicht wahrnahm.

„Hallo", hörte sie eine Stimme.

Sie drehte sich um und sah einen jungen Mann mit einem Rucksack und einer Kamera um den Hals. Er hatte blondes Haar und blaue Augen und trug eine Jeansjacke und eine Mütze.

„Ja. Kann ich ihnen helfen?", antwortete Julia.

„Ich heiße Max und bin Zeitungsreporter. Ich bin auf der Suche nach faszinierenden Orten und Geschichten für meinen Verlag. Ich habe gehört, dass diese Bäckerei alt und berühmt ist. Und dass man hier die besten Schwarzwälder Kirschtorten der Stadt bekommt. Ist es erlaubt, ein paar Fotos zu knipsen und ihnen einige Fragen zu stellen?"

Julia war überrascht, aber geschmeichelt. Sie hatte noch nie einem Zeitungsreporter ein Interview gegeben.

„Ich fürchte, das Timing könnte besser sein. Aber es ist okay. Mein Name ist Julia, ich bin die Bäckerin/Konditorin hier. Diese Bäckerei gehört Florence Petitpierre. Sie ist momentan nicht anzutreffen. Wir backen hier nach traditionellen Rezepten und verwenden nur natürliche Zutaten."

„Das klingt nach purer Tradition und Qualität. Erlauben Sie mir die Bemerkung, dass Sie in der Schürze und dem Haarnetz bezaubernd aussehen?"

Julia errötete. Sie war es nicht gewohnt, solche Komplimente zu bekommen.

„Danke, das ist nett von ihnen. Aber ich muss mich beeilen, die Brötchen sind gleich fertig."

„Kein Problem, ich warte hier. Erzählen Sie mir hinterher, wie es ist, eine Bäckerin zu sein?"

Sie nickte und lief zum Ofen, holte die Backwaren heraus und legte sie auf ein Gitter. Sie waren goldbraun und knusprig. Julia bot Max eines an und sagte: „Hier, probieren Sie mal. Das sind unsere Spezialitäten, Rosinenbrötchen mit Zimt und Kardamom."

Max nahm ein Brötchen und biss hinein. „Wow, das ist köstlich. Sie haben wahrhaftig ein Talent fürs Backen. Ich bin beeindruckt."

„Danke, das freut mich. Ich kreiere Torten schon, seit ich ein kleines Mädchen bin. Es ist meine Leidenschaft."

„Das sieht man. Sie haben so viel Freude an ihrer Arbeit. Das ist selten heutzutage. Die meisten Menschen üben nur ihren Job aus, ohne dabei Spaß zu haben. Sie sind anders. Sie sind etwas Besonderes und mit Sicherheit genauso zuckersüß wie die Schwarzwälder Torten."

Julias Antwort blieb ihr im Hals stecken. Geschmeichelt, jedoch zugleich verlegen, fand sie keine Worte.

Sein Blick aus azurblauen Augen ließ ihr Herz unumwunden in ihrem Brustkorb hämmern.

„Haben Sie noch weitere Fragen?"

„Ich würde lieber etwas über Sie erfahren, Julia. Sind sie verheiratet?"

„Nein", antwortete sie überrascht.

„Verlobt?"

„Das bin ich nicht." Unbehagen breitete sich in ihr aus. Sie hatte nicht vor, ihm Einblick in ihre persönlichen Angelegenheiten zu geben. Sie bemerkte, dass es an der Zeit war, das Interview auf eine höfliche und deutliche Art abzuschließen. „Es tut mir leid, Max. Aber ich muss jetzt wieder an meine Arbeit. Wenn Sie dann keine Fragen mehr haben, beende ich das Gespräch an dieser Stelle."

„Bin ich ihnen zu nahegetreten?"

„Nein, allerdings lege ich großen Wert darauf, berufliche Angelegenheiten nicht mit meinem Privatleben zu vermischen."

„Hätten Sie Interesse an einem Treffen außerhalb der Arbeitszeiten, um sich besser kennenzulernen?"

Kaum hatte Julia die Hoffnung auf Rettung aufgegeben, tauchte Thomas wie ein rettender Engel in der Bäckerei auf und bot ihr die Gelegenheit, sich des hartnäckigen Reporters zu entledigen.

„Oh, da bist du ja, Schatz! Warst du erfolgreich?" Mit schnellen Schritten erreichte sie ihren Arbeitskollegen und raunte ihm leise ins Ohr. „Stell jetzt keine Fragen – tu einfach so als ob."

Geistesgegenwärtig schlang Thomas seinen Arm um ihre Hüfte und drückte ihr einen dicken Kuss auf die Lippen.

„Ja, mein Liebling. Ich habe alles erledigt." Sein Blick wanderte zu Max. „Und wer ist dieser junge Mann?"

„Das ist Max. Er ist Zeitungsreporter und wünschte sich, einen Bericht über das Pierrot zu schreiben, und bat mich um ein Interview."

„Sehr erfreut, Max." Thomas streckte ihm die Hand hin.

Der Journalist, unverkennbar durch den Moment überfordert, brummte leise ein paar unhörbare Worte. Er hängte eifrig die Kamera um und presste seinen Notizblock fest an sich. „Dann werde ich mich wieder auf den Weg machen. Auf Wiedersehen, Julia."

„Salut, Max und vielen Dank."

Kaum hatte sich die Tür geschlossen, atmete Julia tief durch, als beabsichtigte sie, damit die ganze Anspannung hinauszupusten.

Ein vorsichtiges Antippen ihrer Schulter ließ sie wissen, dass Thomas ihre Aufmerksamkeit suchte.

„Was war das jetzt?"

Genervt ließ sie ihre Augen kreisen. „Wie es scheint, war er auf einen Flirtversuch aus. Aber hallo? Ich bin doch nicht irgendeine Trophäe, die man bei der Arbeitstour mal eben ergattert", protestierte sie mit hitzigem Unterton.

„Vollkommen deiner Meinung. Es war reines Glück, dass ich genau dann aufgetaucht bin."

„Mein Held! Wie hast du es geschafft, so blitzschnell zu reagieren, Thomas?"

„Ein Magier verrät niemals seine Tricks."

Ein schelmisches Grinsen umspielte seine Lippen, bevor er ihr behutsam einen Kuss aufdrückte, sich umdrehte und nach einigen Schritten mit einem scherzhaften Augenzwinkern zurückblickte. Oh, diese Männer!

Sie alle schienen Interesse zu zeigen. Nur derjenige, den sie zutiefst begehrte, blieb unnahbar.

Schatten der Vergangenheit

Julias Kopf schoss hoch. Das muntere Bimmeln der Ladenglocke durchbrach die Stille. Ein gefrorener Moment, in dem ihr Herz den Dienst versagte, als er sich vor ihr aufstellte: Holger, der Schatten ihrer Vergangenheit. Wie eine Flutwelle stürzten die quälenden Erinnerungen an die gemeinsamen Tage über sie herein. Unvermittelt sah sie die Szene wieder vor sich: Holger und ihre Mutter – ein Anblick, den sie niemals vergessen würde.

„Hallo, Julia!"

Ihre Hände zitterten. Sie hatte sich vorgenommen, keine Schwäche zu zeigen. „Holger, gibt es einen besonderen Grund für deinen unverhofften Besuch?", stellte sie die Frage, ohne ihre Stimme zittern zu lassen.

„Ich bereue zutiefst, was in der Vergangenheit passiert ist und das unschöne Ende unserer Geschichte." Er trat einen Schritt auf sie zu. Sofort umgab sie der bekannte Geruch seines Aftershaves. „Du hast mir gefehlt", gab er zu. „Ich habe einen Fehler begangen. Glaubst du, es gibt eine Chance, dass du mir vergibst?"

Julias Blick haftete an seinen Augen fest. Ihre Erinnerungen an die zahllosen, tränenreichen Nächte lasteten wie ein Schatten auf ihr.

„Spinnst du? Du tauchst nach Monaten hier auf und spielst den Mitleidskasper, als wäre nichts geschehen? Es versteht sich von selbst, dass ich dir niemals vergeben werde, was du mir alles angetan hast. Und vergessen, was passiert ist, erst recht nicht. Woher weißt du überhaupt, dass ich hier bin?" Mit einem sarkastischen Lächeln fächelte er sich mit der Zeitung Luft ins Gesicht. „Der Artikel über dieses Café hat dich verraten."

Seine Augen fixierten sie mit einer Intensität, die sie erschaudern ließ. Die Worte hingen in der Luft, schwer wie Blei.

„Bitte, verzeih mir", hauchte er leise. „Ich gebe all meine Fehler zu. Und da ich dich immer noch liebe, werde ich alles unternehmen, um es wiedergutzumachen."

Einen Moment lang antwortete sie nicht. Ihre Züge bildeten eine reglose Maske. „Woher kommt der plötzliche Sinneswandel? Haben dir die anderen Frauen alle den Laufpass gegeben?"

Holger senkte den Blick. „Ich verstehe, dass du wütend und verletzt bist", murmelte er. „Aber ich werde für uns kämpfen und dir beweisen, dass ich es wert bin."

„Hör auf, dich zu rechtfertigen. Es ändert nichts. Das Einzige, was ich von dir verlange, ist, dass du von hier verschwindest, und das so schnell wie möglich."

„Aber Julia!", drängte er weiter.

Ihre Hand preschte durch die Luft, als sei sie eine Klinge, die einen Pfad zum Ausgang schnitt.

„Mach, dass du wegkommst! Ich ertrage dich nicht länger."

„Warte, höre dir an, was ich zu sagen habe", flehte er. „Es ist nicht so, wie du denkst. Ich habe dich nie betrogen. Ich schwöre es."

Reflexartig schüttelte Julia den Kopf, während die Tränen ihre Sicht verschleierten und ein Zittern durch den Körper lief. „Erspar dir deine Lügen. Ich habe die Beweise gesehen. Die Nachrichten, die Fotos, die Hotelrechnungen. Du hast mich die ganze Zeit belogen und betrogen. Mit meiner Mutter ... mit dieser ... mit jener." Sie brach in Schluchzen aus.

Er versuchte sie zu trösten, aber sie stieß ihn weg.

„Fass mich nicht an! Deine Nähe ist unerträglich."

„Aber ich liebe dich. Die anderen bedeuten mir nichts. Es waren bloß Ausrutscher. Glaube mir, ich habe mich geändert. Es wird nie wieder passieren. Bitte, gib mir eine Chance. Wir schaffen es, unsere Beziehung zu retten."

Julia sah ihn voller Verachtung an.

„Du liebst mich? Das ist ein Witz. Was verstehst du von Gefühlen? Nichts, denn du denkst nur an dich selbst. Treue kennst du nicht und flüchtest in Unwahrheiten. Selbstverliebtheit ist deine einzige Devotion. Lass dir gesagt sein: Ich verdiene Besseres als dich. Niemand verdient es, mit dir zu sein. Einsamkeit wird dein ständiger Begleiter sein, bis in die Unendlichkeit."

Mit einem Ruck öffnete sie die Tür und schob ihn hinaus. Er stolperte über die Schwelle und fiel auf die Straße. Er schaute zu ihr hoch.

„Wir sehen uns wieder, verlass dich darauf. Mich wirst du nicht so schnell los!"

Sie sah ihn kalt an und schlug die Tür zu.

„Was ist hier los? Und was hat dieser Lärm zu bedeuten?", fragte Thomas und musterte Julias Gesicht mit verwirrtem Blick. Sie trat auf ihn zu und verbarg ihren Kopf in seiner Brust. Sanft hob er ihr Kinn. „Liebes, was ist geschehen?"

„Ich halte das nicht länger aus, Thomas", wimmerte sie verzweifelt. Sanft strich er ihr über das Haar.

„Sag, was dich bedrückt, ich bin hier, um dir zu helfen."

Angestrengt kämpfte sie darum, ihre Sprache wiederzufinden.

„Es ist wegen Fleur. Ihr Zustand ist unverändert. Dazu kommt noch die Angelegenheit mit Holger."

„Es schmerzt mich zutiefst, mit anzusehen, dass sich ihr Gesundheitszustand nicht verbessert hat. Vergiss nicht, wir hier sind dein Rückhalt in dieser schweren Zeit. Das weißt du. Und was ist mit diesem Holger?"

Julia klammerte sich an ihn.

„Er besteht darauf, dass ich zu ihm zurückkehre. Nach allem, was er mir angetan hat. Die Beziehung mit ihm war für mich die schlimmste Zeit meines Lebens. Aufgebaut auf Lügen und Verrat."

„Hat er dich betrogen?"

„Nicht nur einmal. Vor dem großen Knall habe ich ihn mit meiner Mutter erwischt."

„Donnerwetter. Das macht mich sprachlos."

„Und heute steht dieser Kerl vor mir, als wäre nichts geschehen und pocht auf einen Neuanfang."

„Wirst du ihm eine zweite Chance geben?"

„Niemals! Ich habe seinetwegen mit meiner Familie gebrochen und das ganze Umfeld verlassen. Ich habe Angst vor ihm."

Thomas sah ihr in die Augen. „Hab keine Sorge, ich werde darauf achten, dass dir nichts zustößt. Er wird dir nicht zu nahekommen. Vertraue mir." Seine Fingerkuppe strich sanft über ihre Wange. Er rief Melanie zu sich.

„Ja, bitte?"

„Julia fühlt sich nicht wohl. Ich bringe sie nach Hause. Hältst du hier so lange die Stellung?"

„Natürlich." Sie warf ihrer Arbeitskollegin einen besorgten Blick zu, bevor sich ihre Augen wieder auf Thomas richteten.

„Keine Sorge, Melanie. Ich hatte nur einen Schwächeanfall. Die Strapazen der vergangenen Tage haben mich eingeholt. Wäre es möglich, dass du meine Aufgaben bis morgen übernimmst?"

„Gewiss, Julia. Ruh dich ein bisschen aus."

„Danke dir."

„Was ist denn bloß vorgefallen?", alarmiert sprang Brigitte vom Sofa hoch und eilte auf das Duo zu.

„Nur ein belangloser Schwächeanfall", versuchte Julia die Situation zu entschärfen. „Aber es ist schon besser."

„Ist das so, Thomas?", fragte sie.

Er zog skeptisch eine Augenbraue hoch. „Ich würde es eher als Desaster bezeichnen."

„Julia, ich bestehe darauf – sag mir, was tatsächlich passiert ist." Sie nötigte ihre Freundin neben sich auf die Couch und fasste sie an den Händen.

„So, ich gehe dann mal und lasse euch in Ruhe. Julia, scheue dich nicht, mich anzurufen, wann immer du Unterstützung benötigst – Tag und Nacht."

Ohne ein Wort zu sagen, signalisierte sie mit einem Nicken ihr Verständnis. Thomas griff nach der Türklinke. „Herzlichen Dank für deine Hilfe."

„Ich bin immer für dich da, Julia. Das weißt du."

Geräuschlos schnappte die Tür zu, kaum hörbar.

Brigitte tätschelte Julias Hand. „Hast du Lust, mir zu

erzählen, was passiert ist?" Während Julia ihre Geschichte ausbreitete, nickte sie fortwährend zustimmend, wechselte jedoch zu einem ungläubigen Kopfschütteln, als die Story ihr Ende fand. „Ist Holger ernsthaft überzeugt, dass ihr das Rad zurückdreht und einen Neuanfang in Betracht zieht?"

„Ja."

„Es fällt mir schwer, den Kerl ernst zu nehmen. Ich bin sprachlos." Brigitte ließ Julias Hand los und tigerte im Zimmer auf und ab. „Man hält es nicht für möglich, was sich manche Männer erlauben." Mit einem Ruck wandte sie sich um. „Du wirst doch nicht zu ihm zurückgehen, oder?"

„Mit Sicherheit nicht. Ich habe Angst davor, was als Nächstes kommt. Es ist nur eine Frage der Zeit, bis er hier auftaucht. Er weiß ja, wo ich bin."

„Glaubst du, er ist fähig, dir etwas anzutun?"

„Nein. Das sicher nicht. Aber so, wie ich ihn kenne, wird er mir an jeder Ecke auflauern. Er ist hartnäckig und aufdringlich."

„Hast du schon mal überlegt, dich für ein paar Tage abzusetzen?"

„Abhauen? Niemals! Es ist mir wichtig, in Fleurs Nähe zu bleiben. Außerdem habe ich ihr versprochen, dass ich mich um die Konditorei kümmere."

„Stimmt, das habe ich nicht bedacht." Ihre Stirn legte sich in Falten. „Und wenn du Thomas bittest, für ein paar Tage bei uns zu wohnen? Wenn wir Glück haben, schreckt das den Störenfried ab, herzukommen und er lässt von dir ab. Thomas wäre ja permanent in deiner Nähe."

„Ob das eine passende Lösung ist? Es ist nicht auszuschließen, dass sich Thomas dabei falsche Hoffnungen macht."

„Hast du das Gefühl, dass er auf etwas Ernsthafteres aus ist?"

„Irgendwie nehme ich das so wahr. Aber gesagt hat er in diese Richtung nie etwas. Seine Art vorhin war so fürsorglich, so sanft und aufmerksam."

„Ist es möglich, dass Thomas immer mehr die Rolle des Mr. Right für dich einnimmt?"

Unentschlossen hob Julia die Schultern und entließ einen lang gezogenen Seufzer.

„Im Moment herrscht nur Chaos in meinen Gedanken. Es ist, als ob die Ereignisse unkontrollierbar über mir zusammenschlagen."

„Möglicherweise bringt dich ein kleines Nickerchen wieder zu Kräften. Schlaf ist manchmal der beste Heiler."

Julia erwiderte nichts und ließ bloß ein stilles Nicken als Zeichen sehen. Sie wandte sich ihrem Zimmer zu, wo sie ihre ermatteten Glieder unter die Daunendecke bettete, und einem tiefen, heilsamen Schlummer entgegen sank.

Julia hatte keine Ahnung, wie lange sie geschlafen hatte, als sie von einem sanften Klopfen an der Tür geweckt wurde. Waren es zwei oder drei Stunden? Langsam kam sie zu sich und nahm wahr, wie ein weiches Laternenlicht sich seinen Weg durch die Gardinen bahnte. Offenbar hatte sich der Abend bereits eingestellt. Sie hörte eine vertraute Stimme, die ihren Namen rief. Es war Thomas, ihr bester Freund, der realisierte, was sie durchmachte. Brigitte und er standen ihr vorbehaltlos bei. Kurz darauf ertönte das leise Klopfen an der Zimmertür.

„Komm rein!"

Die Tür sprang auf und Julia sah sein lächelndes Gesicht. Er hielt eine Tüte in der Hand, aus der ein köstlicher Duft kam.

„Hey, du. Ich habe dir Essen mitgebracht. Meiner Meinung nach könntest du etwas Stärkung gebrauchen", sagte er und schloss die Tür hinter sich.

Sie umarmte ihn dankbar. Er setzte sich zu ihr aufs Bett und gab ihr die Tüte. Es waren ihre Lieblingskekse aus der Bäckerei. Julia biss in einen und genoss den warmen Geschmack, der sich in ihrem Mund ausbreitete.

Thomas sah sie besorgt an. „Wie fühlst du dich?", fragte er. Sie seufzte und legte den Keks beiseite.

„Nicht besser", gestand sie. „Ich fühle mich immer noch so verloren und verwirrt. Es ist alles zu viel. Wie bringe ich Ordnung in dieses Durcheinander?"

Thomas nahm ihre Hand und drückte sie. „Du musst nicht alles im Alleingang schaffen", sagte er. „Ich bin hier und ich werde dir helfen, einen Weg zu finden. Du bist nicht allein, du hast mich und Brigitte. Und du hast dich selbst. Du bist kämpferisch, mutig und du bist eindrucksvoll. Du wirst das schaffen, ich glaube an dich."

Sie sah in seine Augen. Im selben Augenblick entzündete sich in ihr ein Funke Hoffnung. War es möglich, dass Thomas Einschätzung korrekt war? Dass der Kampf nicht verloren war und dass eine Wandlung in ihren Händen lag? Sie lächelte und rückte näher zu ihm. „Danke, Thomas. Dafür, dass du mein Freund bist, dass du an mich glaubst. Ich glaube auch an dich. Und an uns. Wir schaffen das zusammen."

Er nickte zustimmend und umarmte sie. „Immer", sagte er. „Wir sind ein Team und unzertrennlich. Wir sind die Besten."

Sie lachten und aßen die Kekse. Langsam kehrte ein Gefühl der Erleichterung in Julia zurück. Die Einsamkeit wich vorsichtig aus ihrem Herzen. Es war, als hätte sie zu ihrer wahren Identität zurückgefunden.

Die beiden legten sich gemütlich auf das Bett und schauten sich einen Film an. Es war eine romantische Verfilmung mit Humor und Herz. Belustigt stellten sie fest, dass beide die Komödie bereits kannten. Doch das störte sie keineswegs. Sie genossen die Gesellschaft des anderen. Thomas streichelte ihre Haare und küsste ihre Stirn. Julia bemerkte, wie er sie an sich zog und sie wärmte. Sie schmiegte sich an ihn und lächelte. Er war ihr bester Freund, ihr Seelenverwandter, ihr Partner in allem.

Der Mann neben ihr war es, der durch jede Situation hindurch ihre Gedanken las, ihr Wahres ich umarmte und mit Liebe antwortete. Er war derjenige, der ihr half, ihre Ängste zu überwinden, ihre Träume zu verwirklichen, ihr Glück zu finden. Thomas gab ihr das Gefühl, dass sie etwas Besonderes war. Durch ihn schien ihr Leben lebenswert.

Sie schauten sich in die Augen und schwiegen. Sie brauchten keine Worte, um sich auszudrücken. Ihre Blicke sagten alles. Sie waren glücklich. Sie existierten in vollendeter Symbiose, als wären sie ein einziger Geist. Die Küsse waren sanft und zärtlich. Thomas streichelte Julia vorsichtig und liebevoll. Mit jedem Augenblick zelebrierten sie das Feuerwerk ihrer Sinne. Jede zarte Berührung ein stummer Schwur.

Jedes Ein- und Ausatmen ein flüsterndes Bekenntnis. Hingebungsvoll ergaben sie sich der Schwerkraft ihrer Leidenschaft, tauchten ein in einen Ozean der Emotionen und schwebten in einer zeitlosen Blase. In der Stille ihres Zusammenseins fanden sie unendliche Glückseligkeit, atmeten die Fülle des Daseins, verschmolzen zu einer perfekten Harmonie. Sie bildeten einen ganzen Kosmos in einer flüchtigen Sekunde.

Die Rose von Fleur

Ausgelassen lachend nahmen sie am nächsten Morgen am Frühstückstisch Platz. Von Neugier erfüllt ließ Brigitte ihre Augen zwischen Julia und Thomas pendeln.

„Ist da ein kleines Geheimnis, das ihr mir verheimlicht? Warum genau hat Thomas hier genächtigt?", hakte Brigitte augenzwinkernd nach.

„Aber Gitti, es war doch dein Vorschlag."

„Vermutlich hatte ich dabei andere Beweggründe im Sinn." Sie lächelte schelmisch. „Ist sonst noch etwas vorgefallen?"

„Was genau sprichst du an?"

„Was zwischen euch beiden abgelaufen ist, braucht ihr mir nicht zu erzählen. Ich meinte wegen Holger."

„Er ist in der Bäckerei nicht mehr aufgetaucht. Selbst auf dem Weg hierher war er nicht auszumachen", berichtete Thomas.

„Und ich habe nichts mitbekommen. Ich habe geschlafen wie ein Baby."

„Sicher nur, bis Thomas auftauchte", neckte Brigitte und schaute auf ihre Armbanduhr. „Schon so spät. Mist! Ich muss los." Sie stopfte sich hastig den letzten Bissen Brot in den Mund, griff nach ihrem Mantel und ihrer Tasche und eilte durch die Tür, die hinter ihr ins Schloss fiel.

„Ich sollte mich ebenfalls auf den Weg machen. Wie sieht es bei dir aus? Brauchst du noch etwas Ruhe? Kein Problem, wenn du dich heute krankmeldest. Ich schaffe es in der Backstube schon allein."

„Vergiss es, Thomas. Ich gehe mit. Als Einsiedlerin verbringe ich den Tag sicher nicht."

Kaum waren die beiden in der Backstube angekommen, klingelte Julias Handy in der Schürzentasche. Ein Blick auf das Display löste in ihr ein Gefühl von Hoffnung und Angst gleichermaßen aus. Die Nummer des Krankenhauses blinkte auf dem Bildschirm auf.

„Ich komme", sagte sie knapp. Ihr war, als ob es ihr den Boden unter den Füßen wegriss. Sie registrierte, wie die Farbe aus ihrem Gesicht wich. Rasch eilte sie zu Thomas in die Backstube und starrte ihn wortlos an.

„Was hast du, mein Herz?"

„Fleur. Das Krankenhaus hat angerufen. Es ist dringend."

„Was ist mit ihr?"

Sie blieb stumm und gab auf seine Frage keine Antwort. Eine undurchdringliche Barriere errichtete sich um sie herum, die sie von der Außenwelt abschirmte und ihre Wahrnehmung trübte.

Leise zischend teilten sich die Pforten des Krankenhauses. Mit schnellen Schritten steuerte sie auf den Fahrstuhl zu und ließ sich in die siebte Etage bringen.

Schon von Weitem sah sie die offenstehende Tür zu Fleurs Zimmer. Julia war im Begriff, hineinzutreten, doch eine Krankenschwester verwehrte ihr den Weg.

„Bitte, warten Sie hier."

Unter der bohrenden Schwere einer düsteren Vorahnung zog sich ihr Magen schmerzhaft zusammen. Endlich trat Dr. Schneider aus dem Zimmer. Er schaute sie mit finsterer Miene an.

„Frau Berger. Ich habe die schmerzliche Pflicht, ihnen

mitzuteilen, dass Florence Petitpierre vor zehn Minuten verstorben ist."

„Aber …"

„Wir haben alles versucht, um sie am Leben zu halten. Doch ihr Herz war schwächer, als wir angenommen haben."

„Das ist nicht wahr." Tränen stiegen ihr in die Augen, unfähig, die schockierende Nachricht zu begreifen.

„Ich verstehe ihren Schmerz. Sie hatten Madame ungemein lieb. Der Tod eines geliebten Menschen zu akzeptieren ist immer schwer."

„Sie war wie eine Mutter zu mir. Wir haben vieles zusammen erlebt." Julia schluchzte und wischte sich die Nase mit einem Taschentuch. „Wie wird mein Leben ohne sie aussehen?"

„Es ist wichtig, dass Sie stark bleiben, für sich selbst und für die anderen, die Sie brauchen." Der Arzt legte seine Hand auf ihre Schulter. „Sie war eine tapfere Frau. Sie hätte gewollt, dass Sie glücklich sind."

„Das schon, aber …" Sie brach ab, als sie einen Blick auf den leblosen Körper warf, der auf dem Krankenhausbett lag. Fleur sah so friedlich aus, als ob sie nur schlief. Aber Julia hatte verstanden, dass sie nie wieder aufwachen würde.

„Ist es ihnen möglich, mich in mein Büro zu begleiten?"

Der Arzt sah sie ernst an. „Madame hatte mir einen Gegenstand überreicht, bevor sie starb. Eine Sache, die nur für Sie bestimmt ist."

Julias Herz schlug schneller. Was wollte sie ihr anvertrauen? War es etwas über ihre Vergangenheit oder das

Café? Ein Geheimnis, das besser unentdeckt geblieben wäre? Julia nickte dem Arzt zu und folgte ihm. Er schloss die Tür hinter ihnen und setzte sich an seinen Schreibtisch. Er nahm einen Umschlag aus einer Schublade und reichte ihn ihr.

„Das ist für Sie", sagte er. „Madame hat mir das Versprechen abgenommen, dass ich ihnen diesen Umschlag nach ihrem Ableben überreiche. Sie hat mir den Inhalt nicht verraten, doch es schien, als läge ihr viel daran."

Julia nahm den Briefumschlag mit zitternden Händen entgegen, öffnete vorsichtig und zog einen Brief heraus. Er war in Fleurs Handschrift geschrieben, die sie sofort erkannte.

„Liebster Freund,

wenn du das liest, bin ich nicht mehr bei dir. Ich weiß, dass du viele Fragen hast, und ich hoffe, dass dieser Brief dir einige Antworten gibt. Ich muss dir etwas gestehen, dass ich dir nie gesagt habe. Etwas, das unser ganzes Leben verändert hätte, wenn du es gewusst hättest. Etwas, das mir so leidtut, dass ich es getan habe.

Du erinnerst dich sicher an den Tag, als wir uns zum ersten Mal begegnet sind. Es war im Sommer, wir waren beide 15 Jahre alt und gingen in die gleiche Klasse. Wir hatten sofort eine Verbindung, die über die übliche Freundschaft hinausging. Wir verbrachten jede freie Minute zusammen, lachten, redeten, träumten und waren unzertrennlich.

Weißt du noch, wie es war, als wir uns zum letzten Mal gesehen haben? Es war an einem Wintertag, wir waren beide 17 Jahre alt und standen kurz vor dem Abitur. Wir hatten einen schrecklichen Streit über etwas, das mir jetzt so unwichtig erscheint. Wir machten uns gegenseitig Vorwürfe, die wir nicht meinten, und trennten uns, ohne Abschiedswort. Danach haben wir uns nie wieder gesprochen.

Was du nicht weißt, ist, dass ich an diesem Tag ein Kind unter dem Herzen getragen habe.

Dein Kind. Ich hatte es erst ein paar Tage zuvor erfahren und ich hatte keine Ahnung, wie ich es dir sagen soll. Ich hatte Angst, dass du mich verlässt, dass du mich hasst, dass du mich für eine Lügnerin hältst. Und dann wollte ich nicht, dass du deine Zukunftsvisionen aufgibst, um für mich und das Kind zu sorgen. Dass du an meiner Seite unglücklich wärst, war meine größte Befürchtung.

Aus diesem Grund habe ich geschwiegen und es niemandem gesagt. Ich bin weggegangen in eine andere Stadt zu einer Tante, die mir fremd war. Ich habe das Kind zur Welt gebracht, ein Junge, den ich Stefano nannte. Meine Entscheidung ihn zur Adoption frei zugeben, an eine liebevolle Familie, die sich um ihn kümmerte, fiel mir schwer. Aber erschien mir damals als die beste Lösung für den Kleinen. Erfolglos habe ich versucht, dich zu vergessen und versucht, ein neues Leben zu führen.

Ich habe studiert, gearbeitet, gereist. Dabei habe ich andere Männer kennengelernt, aber keiner von ihnen war imstande, dich zu ersetzen. Ich habe dich immerwährend geliebt, mehr als du es je wissen wirst.

Meine Gedanken waren jeden Tag meines Lebens bei Stefano. Die Frage, wie er aussah, was er trieb, ob er glücklich war, verfolgten mich mein ganzes Leben. Ich habe mir vorgestellt, wie es sein würde, wenn wir eine Familie wären. Ich habe mir vorgeworfen, dass ich sie aufgegeben habe, und mir gewünscht, dass ich es dir gesagt hätte.

Vor einem Jahr wurde mir mitgeteilt, dass ich Krebs habe. Ein unheilbarer Tumor, der sich in meinem ganzen Körper ausgebreitet hat. Ich hatte keine Chance, zu überleben. Ich hatte nicht die Zeit, mich zu verabschieden. Mein größter Wunsch war, dich wiederzusehen.

Deshalb habe ich dich gesucht und ich habe dich gefunden. Du lebst immer noch in unserer Heimatstadt, du bist verheiratet, du hast zwei Kinder. Du siehst glücklich aus. Ich bin froh darüber.

Ich habe dich nicht kontaktiert. Denn ich wollte dich nicht stören, dich nicht verletzen, oder verwirren. Mein Wunsch war es, dich vor meinem Tod noch einmal zu sehen. Ich habe dich aus der Ferne beobachtet, wie du zur Arbeit gingst, wie du mit deiner Familie spieltest, wie du lächeltest. Du bist noch der gleiche Mann, den ich geliebt habe.

Ich habe dir diesen Brief geschrieben, damit du die Wahrheit erfährst. Um dir zu sagen, dass ich dich liebe. Um dir mitzuteilen, dass du einen Sohn hast. Und um dir zu beteuern, dass es mir leidtut. Möglicherweise wirst du mir eines Tages verzeihen und meine Beweggründe verstehen. Vielleicht gehst du auf die Suche nach Stefano. Die Entscheidung liegt bei dir. Im Umschlag findest du ein Foto von ihm, das ich damals von der Adoptionsagentur bekommen habe.

Er ist jetzt 35 Jahre alt und er sieht aus wie du.

Ich wünsche mir, dass du glücklich bist und dass du

Frieden findest. Ich hoffe, dass du weißt, dass ich dich immerfort lieben werde.

Deine Freundin für immer,

Florence.

Julia legte den Brief beiseite und starrte auf das Bild. Es war eine Fotografie von einem jungen Knaben mit blonden Haaren und blauen Augen, der in die Kamera lächelte. Das Foto schien direkt nach der Entbindung entstanden zu sein.

Etwas an seinem Gesicht kam ihr seltsam vertraut vor, aber sie vermochte nicht, die Ähnlichkeit einzuordnen. Warum hatte Fleur ihr nie etwas von einem Sohn erzählt? Sie wusste nur, dass Jean aufgrund seiner Zeugungsunfähigkeit nicht der Vater des Kindes war. Julia faltete den Brief und steckte ihn in ihre Tasche.

Ein dichter Nebelschleier lag über den Straßen der Stadt. Ihre Gedanken drehten sich wie ein herbstlicher Wirbelwind im Kopf. Unfähig zu entscheiden, welche Schritte als Nächstes zu unternehmen waren. Kraftlos ließ sie sich auf einer Bank nieder, zog den Kragen ihrer blauen Jacke hoch und starrte wie benommen ins Leere. Eine schemenhafte Gestalt kam näher und setzte sich wortlos neben sie. Sein Parfum verriet ihn. Julia merkte, wie er sie ansah, aber sie brachte es nicht über sich, ihm nicht in die Augen zu schauen.

„Was ist geschehen?"

„Fleur lebt nicht mehr. Steve, sie ist tot", schluchzte sie tonlos und ließ den Tränen freien Lauf. Er legte seine Hand um ihre Schulter und strich ihr sanft über die Wange. Oh, wie hatte sie seine Arme vermisst. Wie oft sich in den Schlaf geweint. Und jetzt war er da, genau im richtigen Moment.

„Wann ist sie gestorben?"

„Vor etwa einer Stunde. Ich komme gerade vom Krankenhaus. Sie riefen mich an. Aber es war schon zu spät. Steve, es tut so weh."

„Ich weiß, Julia. Du hast sie sehr liebgehabt. Ist sie an den Folgen des Herzinfarkts gestorben?"

„Vermutlich. Allerdings hatte sie Krebs im fortgeschrittenen Stadium."

„Davon hatte ich keine Ahnung."

„Ich habe es auch erst durch den Brief erfahren."

„Was für ein Brief?"

„Der behandelnde Arzt hat mir ein Schriftstück gegeben, das Fleur verfasst hat. Anfangs vermutete ich, die Nachricht sei für mich bestimmt. Aber das ist sie nicht."

„Und du weißt nicht, an wen er geschrieben ist?"

„Nein. In dem Brief ist die Rede von einem Baby, das sie in jungen Jahren zur Welt gebracht hat und zur Adoption freigab. Aber sie hat nie von einem Kind erzählt."

„Merkwürdig."

„Ihr verstorbener Mann hieß Jean. Aber er ist unmöglich der Vater des Kleinen."

„Warum nicht?"

„Wie sie mir erzählt hatte, war Jean in der Pubertät schwer an Mumps erkrankt und wurde dadurch zeugungsunfähig."

„Dann definitiv nicht er. Aber wer sonst? Kannte sie den Aufenthaltsort ihres Sohnes?"

„Ich habe keine Ahnung. Ein Bild lag im Umschlag

neben dem Brief. Schau mal. So, wie es aussieht, reden wir von diesem Baby."

Steve schaute Julia an, als narre ihn ein Spuk.

„Bist du sicher, dass das ihr Kind ist?"

„Nach dem Brief zu schließen, ja."

„Merkwürdig."

„Was ist merkwürdig?"

„Nichts. Mir kommt es vor, als hätte ich das Bild schon einmal gesehen. Sicher irre ich mich. Was gedenkst du jetzt zu unternehmen?"

„Als Erstes die anderen in der Konditorei benachrichtigen und vermutlich das Geschäft schließen."

„Julia, falls du Hilfe brauchst, melde dich. Wirst du das?"

Sie nickte stumm.

„Ist es dir recht, wenn ich dich zum Café begleite?" Ohne eine Antwort abzuwarten, schob er seine Hand unter ihren Arm und nötigte sie, aufzustehen. Wortlos liefen sie durch die Gassen. Vor der Konditorci blieben sie stehen. Steve sah Julia an, drückte sie fest an seine Brust und küsste sie zärtlich auf die Wange.

„Ich hatte also recht mit meiner Vermutung!" Ruckartig schoben die beiden auseinander und folgten den Worten.

„Seinetwegen behandelst du mich, als wäre ich der größte Gauner?"

Holger kam mit einer drohenden Haltung auf sie zu. In letzter Sekunde stellte sich Steve vor Julia.

„Fass sie ja nicht an!", drohte er.

„Du hast mir gar nichts zu befehlen. Dieser Kerl ist dein neuer?" Ohne Julias Antwort abzuwarten, wandte er sich von ihr ab, zog auf und platzierte seine Faust mitten in Steves Gesicht. Unvermittelt sank dieser in sich zusammen.

„Sag mal, spinnst du?"

„Was ist denn hier los?", kam Thomas aus dem Laden gestürmt. Im selben Moment setzte Holger zum Sprint an und rannte los. Thomas im vollen Geisteszustand spurtete ihm hinterher.

„Der Notarzt und die Polizei sind auf dem Weg", rief Melanie, die alles von der Türe her beobachtet hatte und die Notfallnummer wählte.

Steve griff sich an die Nase. Sein Gesicht und sein Hemd waren blutverschmiert.

„Bleib liegen, falls es dir schwindlig oder übel wird."

„Bitte, verzeih mir."

„Was denn?"

„Ich wollte die Rolle des Beschützers übernehmen. Nicht, dass du dich um meine Wunden kümmerst."

„Mach dir darüber keine Sorgen. Wichtig ist, dass du ins Krankenhaus kommst."

Nach einer gefühlten Ewigkeit raste der Krankenwagen um die Ecke und kam abrupt zum Stillstand. Jetzt öffneten sich auch bei Cremaut-Prints die Türe und Charles kam mit Viktoria herbeigeeilt.

„Liebling, was ist passiert?"

„Ich habe nur einen Moment lang nicht aufgepasst. Halb so schlimm." Dabei schaute er Julia an. Ohne Worte verstand sie, was er meinte.

Steve wurde auf die Trage gelegt und ins Krankenhaus abtransportiert. Im selben Moment kam Thomas um die Ecke.

„Hast du Holger erwischt?"

„Ja. Er wird in diesem Moment im Streifenwagen abgeführt."

Julias Atem war tief und schwer.

„Bei dir ist alles okay?"

„Nein, Thomas. Nichts ist in Ordnung." Sie sank in sich zusammen und brach in Tränen aus. Behutsam hielt er sie fest und schaute ihr tief in die Augen.

„Was ist geschehen? Wieso ist Holger so ausgetickt?"

„Bring mich in die Konditorei. Es ist wichtig."

Er nickte stumm.

„Soll ich dir einen Tee aufbrühen?"

„Nein, Melanie, jetzt nicht. Holst du bitte alle hierher?"

„Ja."

Julia zog sich kurz in die Toilette zurück, wusch das Gesicht und suchte nach neuer Kraft.

Unerträgliches Schweigen lag im Raum, nachdem sie alle über Fleurs Tod informiert hatte. Ratlosigkeit erfüllte das Lokal.

„Was wird aus dem Geschäft?", erkundigte sich Melanie.

„Keine Ahnung. Aber ich gehe davon aus, dass hier alles in den nächsten Tagen versiegelt wird."

„Gibt es eine Anlaufstelle für Auskünfte?", wollte eine Servicekraft wissen.

Julia brach erneut in Tränen aus. „Ich bin überfragt. Es ist jetzt zwingend nötig, dass ich mich um die Bestattungszeremonie kümmere."

Julias schlimmste Ängste wurden Wirklichkeit. Das amtliche Schreiben traf ein und verkündete die Versiegelung der Konditorei Pierrot, inklusive Backstube und Fleurs Wohnung darüber.

Die gesamte Belegschaft ließ sich voll und ganz von der Arbeit vereinnahmen, um den quälenden Gedanken zu entfliehen. Aber nun war es so weit. Heute schlossen sich die Türen des Hauses endgültig. Sie hatten beschlossen, Fleur zu Ehren eine besondere Aktion durchzuführen. Sie schenkten jedem Kunden, der heute kam, eine rote Rose.

Die Verstorbene liebte rote Rosen. Die ersten Kunden waren ein älteres Ehepaar, das nach einer Schokolade für ihre Enkelin suchte. Sie halfen ihnen, die leckerste Tafel auszusuchen, und gaben eine rote Rose dazu. Sie erklärten die Beweggründe und sie bedankten sich herzlich. Das Paar drückte seine Anerkennung aus, indem es zusicherte, für Fleur und die Angestellten zu beten. Der nächste Kunde war ein junger Mann, der nervös aussah. Er plante, seiner Freundin einen Heiratsantrag zu machen, und brauchte etwas Besonderes. Melanie empfahl ihm einen Korb voller weißer Lilien aus Marzipan, die Reinheit und Liebe symbolisierten.

Sie fügte eine rote Rose hinzu und erzählte ihm von Fleur. Er war gerührt und versprach, zu erzählen, wie es gelaufen war. So dauerte es den ganzen Tag. Sie verteilten rote Rosen an alle, die kamen, und teilten ihre Geschichte mit ihnen. Sie nahmen wahr, wie sich ihr Herz ein wenig leichter anfühlte und waren überzeugt, dass Fleur bei ihnen war, in jedem Lächeln, in jeder Umarmung, in jeder Rose.

Am Abend, als Thomas und Julia als letzte den Laden schließen wollten, sahen sie eine Gestalt vor der Tür stehen. Ein Mann, der etwa so alt war wie Fleur. Er hatte blonde Locken und blaue Augen. Er trug ein rotes Hemd und hielt eine kleine Tasche in der Hand. Der Unbekannte sah die beiden an und lächelte. „Entschuldigung, wer von euch ist hier die Ansprechperson?", fragte er.

Julia nickte.

„Ich bin Anton. Ich war in Fleurs Klasse. Sie war meine beste Freundin. Ich vermisse sie unendlich."

Thomas ließ ihn eintreten. Sie fragten ihn, wie er sie gefunden hatte. „Ich habe in der Zeitung von eurer Aktion mit den roten Rosen gelesen. Eine ausgezeichnete Idee! Es hat mich dazu angeregt, euch eine Freude zu bereiten und etwas mitzubringen."

Er holte aus seiner Tasche eine kleine Schachtel hervor. Er öffnete sie und offenbarte, was darin war. Es war eine Kette mit einem Anhänger in Form einer roten Rose. „Das war Fleurs Lieblingsschmuck. Sie hat ihn als Kind immer getragen und ihn mir geschenkt, bevor sich unsere Wege trennten. Es war ihr Wunsch, dass ich ihn stets bei mir trage, damit wir verbunden sind. Aber ich glaube, sie würde mir erlauben, dass ich ihn euch überreiche." Er legte die Kette in Julias Hände und drückte sie fest. „Danke, dass ihr Fleur so viele glückliche Stunden geschenkt habt. Sie hat euch sehr geliebt, da bin ich mir sicher."

Julia und Thomas waren sprachlos und weinten unerbittlich. Sie nahmen Anton in den Arm und sagten ihm, wie dankbar sie waren. Sie versicherten ihm, dass sie Fleur liebten. Julia schenkte ihm eine rote Rose und lud ihn ein, mit ihnen zu Abend zu essen. Er stimmte zu und lächelte. Sie spazierten zusammen nach Hause als eine kleine Familie.

Sie spürten, wie Fleur sie begleitete, in jedem Schritt, in jedem Atemzug, in jeder Rose.

Verwicklungen des Herzens

„Brigitte, ich bin gleich wieder da", informierte sie Julia, während sie in die Jacke schlüpfte und ihre Tasche über die Schulter warf. „Was hast du vor? Hatte Thomas nicht gesagt, er wäre in einer Stunde hier?"

„Bis dahin bin ich zurück."

Mit hastigen Schritten stürmte sie die Treppe hinunter und eilte zur nahen gelegenen Bushaltestelle. Der Linienbus hielt kurz darauf an und Julia stieg ein. Vor dem Krankenhaus stoppte er seine Route. Nach einem tiefen Atemzug trat sie aus dem Fahrzeug und lief auf das Eingangsportal zu. Düstere Erinnerungen verkrampften ihren Magen.

„Mir wurde telefonisch mitgeteilt, dass einige Kleidungsstücke von Florence Petitpierre zur Abholung bereit sind."

„Ja, das ist korrekt", bestätigte die Dame am Empfang, nachdem sie eine Liste eingehend durchforstet hatte. Schnell kam sie von ihrem Platz hoch, verschwand durch eine Tür und kehrte mit einer Plastiktüte in der Hand zurück. „Bitte, Madame. Die Kleider."

„Danke", wisperte Julia mit einer Stimme, die von Emotionen erstickt schien. „Können Sie mir bitte noch nachsehen, in welchem Zimmer ich Steve Cremaut finde? Er ist Patient bei ihnen und vorgestern hier eingeliefert worden."

„Cremaut, Cremaut", murmelte sie, während ihr Finger Zeile für Zeile entlangglitt. „Ach, da haben wir ihn. Er liegt in Zimmer 623, das ist auf der vierten Etage."

„Vielen lieben Dank."

Kurz entschlossen, ein kleines Mitbringsel zu besorgen, schlenderte Julia zum Kiosk. Sie griff nach einer Box mit edlen Pralinen und einem Automagazin.

Wenig später klopfte sie an die Zimmertür mit der Nummer 623 und öffnete vorsichtig. Steve ruhte einsam beim großen Fenster. Alle Aufmerksamkeit zog die weiße Gaze auf sich, die kunstvoll über seiner Nase drapiert war. Er schien tief zu schlafen. Leise lief Julia auf die andere Seite seines Betts und griff nach dem Stuhl, der geduldig auf Besucher wartete. Schuldgefühle breiteten sich in ihr aus.

War nicht sie der Grund für seinen Zustand? Steve bewegte sanft seinen Kopf und blinzelte in das helle Licht der Neonlampe. Beim genaueren Hinsehen erkannte Julia, dass sich sein linkes Auge in einen Farbton verwandelt hatte, der eher zu einer Pflaume passte als zu einem natürlichen Augenton. Ein feines Lächeln zeichnete sich auf seinen Lippen ab.

„Endlich, Julia, ich habe schon befürchtet, dass du nie kommst."

„Ich hatte vor, dich früher zu besuchen. Doch die ganze Hektik mit dem Schließen des Lokals und den Vorbereitungen für die Beerdigung haben meine Zeit verschlungen. Verzeih mir bitte."

„Mach dir keine Gedanken, ich bin froh, dass du da bist."

„Hast du Schmerzen?"

„Nein. Aber dieses blöde Ding auf der Nase raubt mir den letzten Nerv. Es juckt darunter und ich kriege fast keine Luft."

„Du Ärmster. Und das alles meinetwegen."

„Blödsinn! Schuld ist dieser Heini. Wie hieß er noch gleich?"

„Holger."

„Ich finde, Heini beschreibt ihn besser."

„Die Polizei hat ihn gleich nach eurer Schlägerei verhaftet."

„Oh ja, das habe ich erfahren. Hier waren schon zwei Ordnungshüter wegen der Geschichte – Aussage machen und der ganze Kram. Und bei dir? Haben die sich nicht gemeldet?"

„Bis jetzt nicht. Vielleicht kommt es noch."

„Es ist möglich, dass du noch von den Beamten hörst. Kann auch sein, dass ihnen die Aussagen von Thomas genug Beweis waren." Er griff nach ihrer Hand. „Ich bin glücklich, dass du hier bist."

„Das ist das Mindeste, was ich tun kann, nach allem, was vorgefallen ist."

„Habt ihr beide was am Laufen?"

„Wer?"

„Du und Thomas."

„Wir sind noch am Anfang", gab sie kurz zurück, während eine unerklärliche Magie sie zu Steve hinzog, wie bei ihrem ersten Aufeinandertreffen am Hafen vor Monaten. Ein kurzer Austausch stiller Worte lag zwischen ihrem Blickwechsel, ehe Steve sich abwandte und nachdenklich auf den Boden starrte.

„Bist du glücklich mit ihm?"

„Ehrlich gesagt, es ist kompliziert. Mein Terminplan lässt uns kaum Zeit füreinander und im Moment steht Fleur unangefochten an erster Stelle bei mir."

„Ich bin ebenfalls wichtig, stimmts?", gab Steve mit einem Hauch von Schalk zurück. Ihr Blick haftete an seinem. „So ist es doch, sonst wärst du nicht hier. Oder etwa nicht?"

Wortlos musterte sie ihn, denn sie erkannte, dass dieser Mensch recht hatte.

„Selbst, wenn du an erster Stelle für mich stündest, würde es uns nicht weiterhelfen. Du bist verlobt."

Mit einem leisen Seufzen hob er den Blick und fixierte einen Punkt über sich. „Manchmal denke ich darüber nach, was zwischen uns hätte sein können, wenn ich mich damals anders entschieden hätte."

„Was sind das für Gedanken?"

„Überlegungen, die wie Schatten meinen Weg begleiten."

„Bist du nicht glücklich an Viktorias Seite?"

„Ich …", als sich die Tür öffnete, stockte seine Stimme.

Zu Julias Verärgerung betraten seine Eltern und Viktoria den Raum, ihre Augen voller Unverständnis auf sie gerichtet. Julia ergriff wortlos ihre Tasche, warf Steve einen letzten Blick zu und schlüpfte in das Labyrinth der Krankenhausgänge.

„Da bist du ja endlich. Wo warst du die ganze Zeit?" Thomas sprang vom Sofa auf und trat auf Julia zu. Sein Gesichtsausdruck verriet deutlich seinen Ärger und die Stirn war in tiefer Missbilligung gefurcht.

„Hallo, Thomas. Ich freue mich auch, dich zu sehen."

„Julia, ich habe mir Sorgen gemacht. Wo warst du?"

„Ich war im Krankenhaus."

„Aus welchem Grund?"

„Weil ich einen Anruf erhalten habe, dass Kleider von Fleur abzuholen wären. Hier!" Zornig schleuderte sie ihm den Plastikbeutel vor die Füße.

„Und sonst? Hast du noch andere Zwischenstopps eingelegt?"

„Was soll das? Sag mir doch bitte, was los ist. Bin ich hier in einem Kreuzverhör gelandet?"

„Mich würde interessieren, wo du sonst noch warst. Hast du Steve einen Besuch abgestattet?"

„Ja, ich habe einen kurzen Abstecher zu ihm gemacht."

„Aha."

„Was heißt da aha? Willst du mir etwas Bestimmtes sagen, Thomas? Dann komm endlich auf den Punkt."

„Das passt mir nicht."

„Was passt dir nicht?"

„Dass du zu ihm in die Klinik gehst."

„Was spricht dagegen? Ist es nötig, dich daran zu erinnern, dass Steve meinetwegen im Krankenhaus liegt? Da gehört es sich, dass ich ihm einen Krankenbesuch abstatte."

„Wie praktisch, dass sich auf diesem Weg eine Gelegenheit bietet, um an seiner Seite zu sein."

„Worauf willst du hinaus? Hast du kein Vertrauen zu mir? Steve ist verlobt und ich bin mit dir zusammen. Gott sei Dank habe ich dich. Denn du bist ein verdammt feiner Kerl, wenn du nicht gerade den Spinnen hilfst, ihre Netze zu flechten."

„Gibst du mir damit zu verstehen, dass ich spinne? Glaubst du, ich merke nicht, dass du immer noch an diesem Macker hängst. Ich habe keine Lust, nur die zweite Geige zu sein. Meine Liebe zu dir ist tief und echt. Und genauso wünsche ich mir, geliebt zu werden. Verstehst du das nicht?"

„Ich habe nicht gesagt, dass du spinnst. Aber du verrennst dich in etwas." Sie trat auf ihn zu und legte die Arme um seinen Hals. „Im Moment habe ich gewiss andere Sachen im Kopf, als dich mit Steve zu betrügen. Ich kämpfe nach wie vor mit Fleurs Tod und die Beerdigung raubt mir den letzten Verstand. Und du glaubst, dass ich genau jetzt unsere Beziehung aufs Spiel setze? Nein, mein Lieber. Falls das deine Meinung über mich ist, bedaure ich zutiefst, dich enttäuscht zu haben."

„Was ist denn hier los?", erkundigte sich Brigitte ahnungslos.

„Nichts", antwortete Julia knapp, griff nach ihrer Jacke und schwang die Tasche über die Schulter. „Ich bin dann mal weg."

Planlos zog sie durch die Straßen, bis sie vor dem verschlossenen Café stand. Ein amtliches Siegel klammerte sich an die Tür, ein winziges Symbol, das sie zu einer unüberwindbaren Mauer machte. Es war das unwiederbringliche Ende einer Ära; das Drehen des Schlüssels und das Eintauchen in Fleurs wundersames Reich gehörten der Vergangenheit an. Die Sehnsucht nach ihr schnürte Julia die Brust zu. Ein neues Kapitel ohne Fleur einzuleiten, schien ihr eine fast unlösbare Aufgabe zu sein.

Als Julia endlich zu Hause ankam, hatte die Dunkelheit die Fenster längst verschluckt. Sie öffnete die Tür so leise wie möglich und schlich auf Socken in ihr Zimmer, erleichtert darüber, dass Thomas doch nicht wie befürchtet dort auf sie wartete. Ein ungeduldiges Hämmern riss Julia am nächsten Morgen aus dem Schlaf.

„Ja, ja, gleich da", nuschelte sie und schlurfte verschlafen zur Tür, um sie aufzureißen.

Brigitte stand in der Tür. Ihre Anspannung war nicht zu übersehen, als sie rausplatzte: „Du hast aber Zeit. Lass deinen Besuch nicht warten. Im Wohnzimmer kann es jemand kaum erwarten, dich zu sehen."

„Wer ist denn da, dass du so drängst?"

„Beeil dich und komm mit, du wirst es gleich sehen."

„Du hier?", staunte Julia. „Warum bist du nicht im Krankenhaus?"

„Ich habe eben meine Entlassungspapiere bekommen."

„Erstaunlich, dass du direkt zu mir kommst. Wie habe ich das verdient?"

„Du hast mir doch neulich dieses Bild gezeigt."

„Welches Bild meinst du?"

„Von dem Kind."

„Jetzt dämmert es mir. Warum fragst du danach?"

„Darf ich noch mal einen Blick darauf werfen?"

„Aus welchem Grund?"

„Es ist kompliziert und ich kann jetzt nichts erklären. Wäre es möglich, dass du es mir noch mal zeigst?"

„Warte hier, ich bringe es gleich." Kaum war eine Minute vergangen, da war sie auch schon zurück und hielt Steve die Fotografie hin. „Bitte sehr. Was gedenkst du damit zu tun?"

Aufmerksam studierte er das Bild und ein zufriedenes Nicken folgte. „Mein Verdacht scheint sich zu bestätigen. Erlaubst du, dass ich davon mit dem Smartphone ein Foto knipse?" Verwirrt nickte sie, ohne zu verstehen. Steve drückte ihr flüchtig einen Kuss auf die Wange, bevor er eiligst zur Tür stürmte. „Danke dir! Hab's eilig, aber ich kläre dich später auf, ja?"

„Der spinnt. Sag mal Brigitte, täusche ich mich oder gibt es momentan im Umkreis von dreihundert Kilometern kein vernünftiges Mannsbild?"

„Darüber habe ich heute auch schon gegrübelt."

„Du? Warum das denn?"

„Weil ich gestern Abend einen heftigen Streit mit Tim hatte."

„Das meinst du jetzt nicht ernst, oder?"

„Doch."

„Und was bedeutet das jetzt für euch? Habt ihr einen Schlussstrich gezogen?"

„Nein. Aber Funkstille. Ich befürchte, dass ich mich in ihm geirrt habe. Und du?"

„Brigitte, ich bin zu einer Erkenntnis gekommen."

„Lass gut sein", schnitt ihre Freundin ihr das Wort ab „du und Thomas, das wird keine feste Sache, stimmt's?"

Ein bekräftigendes Nicken zeigte, dass sie richtiglag.

„Ja, das stimmt. Mir fehlen die tiefen Gefühle zu ihm, die ich für eine dauerhafte Beziehung bräuchte. Über die letzten Tage hinweg wurde mir das bewusst."

„Ein offenes Gespräch wäre wichtig, damit er nicht auf etwas hofft, was nicht sein wird."

„Ich hege Zuneigung für ihn, nur halt nicht auf romantischer Ebene. Er ist ein großartiger Mensch und ich wünsche mir aufrichtig, dass er über kurz oder lang die richtige Partnerin findet."

„Rede mit ihm. Ich denke, er hat Klarheit verdient."

„Du hast recht, Brigitte. Ich rufe ihn nachher gleich an und versuche, mich mit ihm zu treffen."

„Hast du heute Abend schon etwas vor?", fragte Julia knapp in ihr Handy.

„Nein, das habe ich nicht. Warum fragst du?" Thomas Stimme klang distanziert.

„Ich glaube, dass wir beide etwas zu klären haben. Treffen wir uns gegen acht Uhr im Golden-Gate?"

„Ich werde da sein."

„Bis dann."

Pünktlich um acht betrat Julia die Bar und setzte sich zu Thomas, der bereits auf sie wartete. Er sah sie reglos an und begrüßte sie mit einem halbherzigen „Hallo".

„Grüß dich, Julia. Heute mal ohne Brigitte unterwegs?", fragte Tim und schien enttäuscht zu sein.

„Heute ja. Möglich, dass sie später noch hereinschneit."

„Da scheinen sich zwei gefunden zu haben", bemerkte Thomas.

„Ich bin mir inzwischen nicht mehr so sicher. Egal, ich bin nicht hier, um mit dir über Brigitte zu reden."

„Vielleicht sollte Tim ihr auch einen Blumenstrauß schenken."

„Wie meinst du das?"

„Na ja. Bei dir hat es ja auch geklappt. Oder hat dir das Blumenbouquet, das ich dir neulich in der Backstube hingelegt habe, nicht gefallen?"

„Ich Rindvieh, das ich darauf nicht von selbst gekommen bin."

„Was meinst du damit?"

„Nichts. Vergiss es."

„Also dann", er erhob sein Glas. „Ein Prost auf die Liebe."

„Thomas, nein. Darauf stoße ich mit dir nicht an. Denn zwischen uns gibt es sie nicht. Zum Allermindesten nicht so, wie du es dir wünschst."

Das Lachen verging ihm blitzartig. „Wie meinst du das?"

„Thomas", sie räusperte sich, um ihrer Stimme einen festen Klang zu geben. „Meine Gefühle zu dir reichen nicht für eine dauerhafte Partnerschaft. Ich habe dich gern. Zudem habe ich deine Kompetenz als Arbeitskollege immer sehr wertgeschätzt. Aber mehr ist von meiner Seite her nicht drin."

„Mir war schon länger klar, dass es darauf hinauslaufen würde. Der Fehler liegt nicht nur bei dir. Aber sei ehrlich mit mir. Du liebst Steve, stimmts?"

„Ja. Das wurde mir in den letzten Tagen zunehmend bewusst." Julia senkte den Kopf. „Obwohl ich befürchte, dass wir nie mehr als Freunde sein werden."

„Dann war meine Eifersucht doch berechtigt."

„Natürlich war sie das. Deswegen habe ich immer so aufbrausend reagiert, wenn du mich mit meinen Gefühlen zu Steve konfrontiert hast. Ich hatte nicht den Mut, zuzugeben, dass du recht hast."

Eine Weile schweigen beide und jeder gab sich seinen eigenen Gedanken hin.

„Habe ich dich gekränkt?", nahm sie das Gespräch vorsichtig wieder auf.

„Nein. Das hast du nicht. Ich bin nur enttäuscht, denn ich habe dich aufrichtig lieb. Auch wenn wir gestern diesen Streit hatten."

„Mit unserer letzten Auseinandersetzung hat meine Entscheidung nichts zu tun."

„Lass gut sein, Julia. Du musst dich nicht krampfhaft rechtfertigen. Ich akzeptiere deinen Entschluss und deine Gefühle."

Im weichen Licht des Golden-Gates schien die Atmosphäre geladen, wie das Knistern kurz vor einem Sommergewitter. Obgleich sie sich in den Kernpunkten einig waren, legte ein Schatten des Bedauerns sich auf die Gesichter von Julia und Thomas.

„Dann bleiben wir Freunde?"

Er nickte und lächelte sie an.

„Freunde", wiederholte sie und war erleichtert, und im Innersten ihres Herzens wehmütig. „Das wird das Beste sein."

Thomas griff sanft nach ihrer Hand und drückte sie in einer stillen Geste des Verständnisses. „Egal, was passiert, ich werde für dich da sein. Du hast schon genug durchgemacht."

Julia schluckte. „Das bedeutet mir viel, Thomas. Die letzten Wochen waren eine Achterbahn der Emotionen. Erleichterung, Schmerz, Trauer und jetzt das vorsichtige Schließen eines Kapitels, das gerade erst angebrochen war."

Kaum waren die Worte ausgetauscht, flimmerte die Stimmung um sie herum wie zerbrechliches Glas, das jederzeit in tausend Teile zu zerspringen drohte.

„Es ist besser, wenn ich jetzt gehe", brach sie die Stille, die sich zwischen den beiden auszubreiten anfing, und erhob sich.

Thomas stand ebenfalls auf und bot ihr eine letzte

Umarmung an. Ein stummer Abschied von dem, was hätte sein können. „Pass auf dich auf, Julia", sagte er, bevor er sich abwandte und hinaus in die Nacht verschwand.

Allein in der Menge lehnte Julia sich zurück. Das diffuse Licht, die leisen Gespräche und das Klirren der Gläser bildeten einen wirren Hintergrund für ihre Zerrissenheit. War es angemessen, so offen mit Thomas zu sprechen? Sie war sich ihrer eigenen Gefühle nicht sicher. Eine Menge war in so kurzer Zeit passiert. Fleur, die Konditorei, Steve …

„Alles in Ordnung bei dir?", riss sie die Stimme des Barkeepers, Tim, aus ihrem Grübeln. Sein Klang hatte einen besorgten Unterton.

„Ja, alles bestens. Nur ein wenig müde."

„Wenn du jemanden zum Reden brauchst, ich bin hier", bot er an, während er ein Glas spülte. „Ich habe zwar keine Lizenz als Therapeut, aber man sagt, ich sei ein aufmerksamer Zuhörer."

Julia schenkte ihm ein spärliches Lächeln. „Ein anderes Mal, Tim. Morgen wartet der Wecker leider früh auf mich."

Sie verließ die Bar und die kühle Nachtluft schien wie eine Wiedergeburt nach der erdrückenden Wärme drinnen. Die Straßen waren fast leer und ihre Schritte hallten zu ihr zurück, während sie in Richtung ihrer Wohnung spazierte, die Gedanken an Steve nicht abschüttelnd.

Steve, der Mann mit den blauen Augen, der immer an der richtigen Stelle erschien, um ihr Leben durcheinanderzubringen. Was hatte er mit dem Foto des Babys vor? Ihr Instinkt sagte ihr, dass eine bedeutungsschwere Veränderung in der Luft lag. Es schien, als würde Steve Antworten suchen, die auch ihr Leben grundlegend verändern könnten.

Als sie die Wohnungstür aufschloss, schrie ihr ermatteter Körper nach Erholung. Aber ihr Geist kam nicht zur Ruhe. Irgendetwas hielt sie wach. Etwas Unausgesprochenes und Bedeutsames, das in der Luft lag zwischen dem, was gestern war, und dem, was morgen auf sie wartete.

Sie kroch ins Bett, aber anstatt in einen erholsamen Schlaf zu gleiten, fand Julia sich in einer Welt halb wacher Träume wieder, in der die Gesichter von Fleur, Steve und Thomas in einem verwirrenden Wirbel um sie herumtanzten. Als die Morgendämmerung durch ihre Vorhänge schlich, war sie zu keiner wirklichen Vorstellung dessen gelangt, was die Zukunft für sie bereithielt.

Doch in einem war sie sich sicher: Wenn morgen kam, würde sie ihm mutig ins Auge sehen und die Herausforderungen annehmen, mit oder ohne Steve, mit oder ohne Konditorei. Aber immer mit der Erinnerung an Fleur und dem Versprechen, ihr Vermächtnis weiter leben zu lassen.

Der Abschied

Die Stadt lag unter einem grauen Schleier. Der Himmel weinte leise. Die Straßen waren glänzend und spiegelten das matte Licht der Straßenlaternen wider. Mit schnellen Schritten flüchteten die Menschen unter ihren Schutzdächern aus Stoff vor dem Nieselregen, welcher perlend die Schirmoberflächen kitzelte und auf dem Gehsteig Pfützen formte.

Die Luft roch nach nassem Asphalt und frischer Erde. In einer kleinen Gasse stand ein einsamer Straßenmusiker. Sein Hut lag vor ihm auf dem Boden, gefüllt mit ein paar Münzen. Er spielte melancholische Melodien auf seiner Gitarre, die Töne verschmolzen mit dem Rauschen des Regens. Passanten blieben kurz stehen, lauschten und liefen dann weiter, ihre Schritte im Nassen verhallend.

Ein Paar stand an der Ecke, eng umschlungen. Sie hatten sich unter einem Vordach vor dem Regen geschützt. Ihre Gesichter waren nah beieinander, die Wassertropfen glänzten auf ihren Wangen. Sie lachten leise, ihre Lippen berührten sich. Die Welt schien für einen Moment stillzustehen, nur der Regen und ihr Lachen waren zu hören.

Weiter die Straße hinunter saß ein alter Mann auf einer Bank. Sein Gesicht war faltig und vom Leben gezeichnet. Er starrte in die Ferne. Der Regen durchnässte seine grauen Haare. Seine Augen hatten einen wehmütigen Ausdruck. Er erinnerte sich an vergangene Zeiten. Möglicherweise an eine verlorene Liebe oder an längst vergessene Träume. Der Regen fiel weiter, sanft und unaufhörlich. Die Stadt nahm ihn auf, trug seine Tropfen in ihren Pflastersteinen und ihren Geschichten. Es war ein Moment der Melancholie und der Schönheit, der die Menschen zusammenbrachte und Erinnerungen weckte.

Julia zog sich den schwarzen Mantel über und verließ zusammen mit Brigitte die Wohnung. Sie nahmen ein Taxi zum Friedhof, wo schon einige Trauergäste warteten. Julia erkannte Thomas, ein paar Freunde von Fleur und alle Angestellten der Konditorei. Die Cremauts zeigten ihre Anteilnahme durch die Anwesenheit von Steve und Charles.

Sie traten an das Grab heran, an dem ein schlichter Sarg lag, veredelt durch eine Fotografie Fleurs, die in ihrem friedvollen Lächeln verewigt war. Julias Augen füllten sich mit Tränen. Fleur war erst 62 Jahre alt. Es war so unfair, so sinnlos.

Der Pfarrer eröffnete die Trauerfeier mit seiner Rede, aber Julia hörte ihm kaum zu. Sie hielt Rückschau an all die gemeinsamen Erinnerungen, die sie hatte. Ihre erste Begegnung in der Konditorei blieb unvergessen. Ebenso wie ihr Zusammenschluss zu einem unschlagbaren Team. Die Kreation unzähliger Tortenwunder. Gemeinsam träumten sie von einer Zukunft, in der sie das süße Imperium durch die Erweiterung einer zusätzlichen Filiale planten.

Eine Zeit des puren Glücks, bis das Schicksal grausam zuschlug. Sie schaute zu Steve hinüber. Liebevoll wirkte sein Blick, der ihr stummen Mut zusprach. Wie gerne hätte sie ihn neben sich gehabt.

Vorsichtig ergriff Brigitte ihre Hand. Sie war wie eine Schwester und ihre beste Freundin. Brigitte hatte sie in dieser schweren Zeit unterstützt. Sie hatte Julia gesagt, dass sie nicht allein sei und dass sie weiterleben musste. Sie meinte, dass Fleur sich gewünscht hätte, dass sie glücklich ist.

Im Herzen erkannte Julia die Wahrheit dieser Aussage und war sich bewusst, dass Fleur nicht gewollt hätte, dass Kummer ihr Leben beherrschte. Mit Sicherheit würde sie sich wünschen, dass sie ihr Andenken ehrte, indem sie die Zeit schätzte, die sie zusammen verbracht hatten, und nach ihrem Tod nicht stehen blieb. Julia atmete tief durch und löste ihre Hand aus Brigittes Griff. Sie trat langsam auf Thomas zu, der sie mit verweinten Augen ansah, nahm ihn in die Arme und sagte leise: „Danke, dass du da bist."

Thomas erwiderte ihre Umarmung und drückte sie fest an sich. Er roch nach Zigarettenrauch und Kaffee. Seine Tränen tropften auf ihr Gesicht. Sie standen schweigend da. Die Menschen um sie herum schienen in einer anderen Welt zu sein.

„Ich finde kaum Worte", raunte er sanft. „Mir ist bewusst, welchen Stellenwert sie in deinem Leben hatte. Eine Mutterfigur durch und durch."

Julia löste sich ein wenig von ihm und sah ihn mitfühlend an. Seine Augen waren blau wie der Himmel an einem klaren Tag. „Sie war unser Engel", sagte sie. „Sie hat uns immer unterstützt, egal was wir angerichtet haben. Sie liebte jeden Einzelnen von uns."

Thomas nickte. „Sie hat mir beigebracht, wie man den Messbecher kehrt, ohne dass der Eischnee hinausläuft oder wie man eine beschädigte Torte repariert. Ich habe eine Menge von ihr gelernt und werde sie nie vergessen."

Julia strich ihm über die Wange. „Sie wird für alle Zeit in unseren Herzen sein. Wir sind nicht allein, denn wir haben uns."

Er lächelte traurig. „Ja. Wir sind eine Familie, Julia, und halten zusammen, egal ob wir ein Paar sind oder nur Freunde."

„Ohne Zweifel, unsere Verbundenheit macht uns kraftvoll, Thomas. Wir werden jede Hürde meistern."

Sie schlossen sich in eine feste Umarmung. Versanken in jenem Gefühl tiefster Sicherheit, das zwischen ihnen pulsierend lebendig wurde. In ihren Herzen regte sich die Gewissheit, dass nur gemeinsam der schmerzhafte Weg zu bewältigen war. Ein stiller Schwur, niemals aufzugeben und Fleurs Andenken zu wahren.

„Ich brauche etwas Abstand von dem Ganzen", sagte Julia nach der Beisetzung.

Thomas nahm sie schweigend bei der Hand und begleitete sie an den See. Sie setzten sich auf die Kaimauer. Die Sonne zeigte sich kurz am Abendhimmel, dann senkte sie sich langsam hinter den Hügeln. Der See lag ruhig da, als würde er den Tag in seinen klaren, spiegelnden Gewässern reflektieren. Die Uferbäume neigten ihre Zweige sanft über das Wasser und versuchten, es zu streicheln. Ihre Blätter flüsterten leise im Wind.

Ein einsamer Fischer stand am Ufer, die Angelrute in der Hand. Sein Blick war auf die Wasseroberfläche gerichtet, wo sich die letzten Sonnenstrahlen in funkelnden Wellen brachen. Er wartete geduldig. Über ihm sangen Vögel ihre Abendlieder. Ein Paar saß auf einer Bank, eingehüllt in eine Decke. Sie beobachteten die Enten, die gemächlich auf dem See schwammen. Ihre Hände berührten sich und ihre Blicke verloren sich in der Ferne. Es war ein Moment der Stille und des Zusammenseins.

Kinder spielten am Ufer, bauten Sandburgen und ließen kleine Boote aus Papier über das Wasser gleiten. Ihr Lachen durchbrach die Stille und ihre Freude war ansteckend. Die Berge am Horizont färbten sich langsam violett. Die Sterne am Himmel leuchteten. Das Seeufer war ein Ort der Ruhe und der Magie, wo die Zeit stillzustehen schien und die Natur ihre Geschichten flüsterte.

„Weißt du schon, wie es bei dir weitergeht?", fragte er.

„Bis jetzt nicht. Auf jeden Fall habe ich keine Lust, schon wieder umzusiedeln. Mein Herz hängt an Genf, an dir und Brigitte. Ich könnte es nicht ertragen, euch auch noch aus meinem Leben zu verlieren. Und du?"

„Ich habe mich bei einer Bäckerei beworben, in Lausanne."

„Dann ziehst du weg?"

„Oh nein! Ich lasse euch Mädels nicht allein."

„Das hoffe ich. Wir brauchen dich."

Langes Schweigen brach über sie herein. Sie waren eins und doch jeder für sich allein.

„Sag mal, Thomas …"

„Ja."

„Bist du meinetwegen noch verstimmt?"

„Wieso denkst du das?"

„Ich spreche von dem, was zwischen uns passiert ist."

„Wie ich dir bereits zu verstehen gab, Julia, finde ich

deinen Entschluss nachvollziehbar und akzeptiere ihn. Du warst offen und aufrichtig, dass eine Täuschung oder vorgetäuschte Gefühle für dich nicht infrage kommen. Das rechne ich dir hoch an und schätze deine Ehrlichkeit. Denn nichts wäre verletzender, als eines Tages zu erkennen, dass unsere Liebe nur eine Illusion war. Wir haben uns für die Freundschaft entschieden und das ist gut so. Mir ist eine tiefe Kameradschaft mit dir mehr wert als eine unerfüllte Partnerschaft."

„Das sehe ich genauso."

„Soll ich dir etwas verraten?", er schaute sie schelmisch an.

„Ich bin verliebt."

„Oh, das ist echt cool! Glückwunsch, das freut mich. Kenne ich sie?"

„Darüber schweige ich vorerst. Wir nehmen uns Zeit, um unsere Beziehung langsam aufzubauen."

„Deine Herangehensweise scheint mir vernünftig. Ich wünsche dir von Herzen alles Glück dieser Welt."

Sie fielen sich in die Arme.

„Und du und Steve?"

„Ich befürchte, dass ich bei ihm in einer Sackgasse gelandet bin."

„Warum meinst du?"

„Er ist noch immer verlobt und ich gehe davon aus, dass die beiden heiraten werden."

„Merkwürdig."

„Was?"

„Ich sehe ihn immer allein oder mit seinem Vater."

„Seine Verlobte war schon ein paar Mal mit ihm im Pierrot."

„Dann habe ich sie anscheinend immer verpasst."

„Sie ist eine Augenweide. Fleur meinte zwar einmal, dass sie diese Viktoria als kühle Frau einschätzte. Es schien, als hätte sie nicht viel für sie übrig. Ich denke, dass ich der Grund für diese Abneigung war."

„Wieso das denn?"

„Fleur wusste von meiner Zuneigung zu Steve. Ich hatte mit ihr über diese Geschichte gesprochen."

„Welche Geschichte."

Julia räusperte sich.

„Kurz nachdem ich nach Genf gekommen bin, hatte ich ein – na ja – sagen wir mal, nächtliches Stelldichein mit ihm."

„Ihr hattet …?"

„Ja, wir haben miteinander geschlafen. Ich hatte damals keine Ahnung, dass er mit Viktoria liiert war. Trotz allem habe ich es nicht geschafft, mich von ihm loszusagen."

„Das habe ich gemerkt."

„Ich habe gehofft, dass du der Mann sein könntest, der meine Zuneigung zu Steve zum Erlöschen bringen würde. Doch die Gefühle zu ihm sind zu stark."

„Julia, sei ehrlich zu dir selbst. Was erhoffst du dir von ihm? Glaubst du ernsthaft, dass Steve seine Verlobte für dich verlassen wird?"

„Ich hatte mir gewünscht, dass er mich begehrt und wir zusammen glücklich werden. Ich bin mir nicht sicher, ob Steve seine Verlobte von Herzen liebt, oder nur aus Gewohnheit und Pflichtgefühl bei ihr bleibt. Hoffentlich erkennt er eines Tages, dass ich die Richtige für ihn bin."

„Und wenn nicht? Ist es sinnvoll, dein ganzes Leben auf jemanden zu warten, der dich am Ende schon lange abgestempelt hat?"

„Ich spüre doch unsere Verbundenheit, wenn wir uns begegnen."

„Und wie verhält er sich dabei? Umarmt oder küsst er dich?" Sie senkte den Kopf.

„Nein, er lächelt nur."

„Ich sage es nicht gerne, Julia, und du weißt, dass es nicht meine Absicht ist, dich zu verletzen. Aber glaubst du im Ernst, dass es sich lohnt, auf ihn zu warten? Für mich sieht sein Verhalten nicht nach Liebe aus."

„Du hast ja wahrscheinlich recht, Thomas. Aber welche Optionen habe ich denn? Einen anderen nehmen, nur damit ich nicht allein bin? Und jeden Morgen mit der Frage aufwachen, ob ich mit Steve nicht doch das große Glück hätte finden können? Nein, Thomas. Das funktioniert nicht. Ich muss zuerst hundertprozentig sicher sein, dass nie etwas Ernstes mit ihm wird. Und das wird erst der Fall sein, wenn die beiden heiraten."

„Und du glaubst, dass es dir genau dann gelingen wird?"

„Ich denke schon. Von diesem Tag an hätte es definitiv keinen Sinn mehr, über ihn nachzudenken. Aber solange Hoffnung besteht, dass er sich gegen eine Hochzeit mit Viktoria entscheidet, werde ich warten."

„Wenn du meinst. Das ist deine Sache. Für mich wäre das nichts." Ein kalter Schauer durchzog Julias Körper. Es war merklich kühler und die Dämmerung zog über den See. Sie schaute gedankenversunken auf das Wasser, bis sie Thomas aus ihrer Welt riss.

„Versprichst du mir etwas?"

„Was denn?"

„Pass auf dich auf."

„Gewiss doch, Thomas."

„Es liegt mir am Herzen, dass du das hier ernst nimmst. Dein Wohlergehen ist mir essenziell wichtig. Obwohl wir als Liebespaar nicht funktioniert haben, bist du für mich kostbar und unersetzlich."

„Wie deine neue geheimnisvolle Bekanntschaft", neckte sie ihn und kniff ihn sanft in die Flanke.

Thomas lächelte. „Ich spüre, dass deine Neugier nicht weit davon entfernt ist, zu überkochen. Aber ich bleibe standhaft. Meine Lippen sind versiegelt."

„Du bist gemein. Ich habe dir auch von Steve erzählt."

„Liebes, das ist nicht miteinander zu vergleichen."

„Oh doch, Thomas. Ich habe dir sehr intime Einzelheiten anvertraut."

„So intim waren diese Details nicht. Du hast mich nur darüber informiert, dass ihr übereinander hergefallen seid. Mehr nicht. Und ich bin entschieden dagegen, es mir vorzustellen."

„Okay. Legen wir dieses Gesprächsthema für den Moment beiseite. Aber dein Geheimnis werde ich lüften."

„Viel Spaß beim Detektiv spielen. Lass uns aufbrechen. Hier draußen wird es allmählich ungemütlich. Sicher wartet Brigitte schon sehnsüchtig auf unsere Rückkehr."

Entscheidungen des Herzens

Julia und Brigitte standen in ihrer gemeinsamen Küche, die von einem warmen Licht durchflutet wurde. Die Wände waren in einem sanften Gelbton gestrichen, der die Atmosphäre gemütlich und einladend machte. Ein großes Fenster über der Spüle bot einen Blick auf den grünen Garten draußen.

Der Küchenblock erstreckte sich entlang einer Wand und war mit glänzendem Granit verkleidet. Auf der Arbeitsplatte standen ein Mixer, ein Wasserkocher und ein Korb mit frischem Obst. Die Schränke waren aus hellem Holz gefertigt und beherbergten Töpfe, Pfannen und Geschirr.

Der Esstisch stand in der Mitte der Küche und war von zwei Stühlen umgeben. Hier saßen Julia und Brigitte oft, um ihre Mahlzeiten zu genießen oder sich bei einer Tasse Kaffee zu unterhalten. Über dem Tisch hing eine schlichte Pendelleuchte. Der Geruch von Gewürzen und frisch gebackenem Brot lag in der Luft.

Julia wusch das Geschirr ab, während Brigitte das Gemüse schnitt.

„Julia, es gibt etwas, das ich mit dir besprechen will", nahm Brigitte mit gedämpfter Stimme das Gespräch auf und ließ sich am Küchentisch nieder. Dabei legte sie elegant ein Bein über das andere.

„Das klingt ja ernst. Was ist denn los? Hast du Kummer?"

„Nein, Julia. Es handelt sich nicht um mich, sondern um dich."

„Ich?", staunte sie und legte das Geschirrtuch neben sich auf die Arbeitsfläche.

„Setz dich bitte zu mir."

Julia folgte ihrem Wunsch und Brigitte schenkte zwei Gläser Rotwein ein. Sie schaute ihrer Freundin ernst in die Augen.

„Ich habe heute ein Gespräch mitbekommen. Die Lautstärke des Wortwechsels deutete an, dass zwischen Steve und seinem Vater ernsthafte Differenzen bestanden."

„Was war der Anlass für die Auseinandersetzung?"

„Es war mir nur möglich, Teile ihres Gesprächs aufzuschnappen, aber im Zentrum stand ein anstehender Hochzeitstermin. Charles Cremaut drängte offenbar darauf, dass Steve mit dieser Viktoria endlich den Bund fürs Leben schließt, was er, trotz des gemeinsamen Kindes, offenkundig ablehnt. Und dann wurde der Alte sauer und schrie."

„Und weiter?"

„Dann folgte ein rasanter Wortwechsel hin und her. Jedenfalls ist dabei auch dein Name gefallen."

„Aha."

„So, wie ich das verstanden habe, hat Steve seinem Vater mitgeteilt, dass er um dich kämpfen wird."

„Und das hast du alles mitbekommen?"

„Ja, die offenstehende Tür ließ mir keine Wahl, als zuzuhören."

„Du bist mir eine."

„Jedenfalls hat unser Boss seinem Sohn gedroht, dass er ihn aus der Firma und aus seiner Familie ausschließen würde, falls er sich für dich und gegen die Ehe mit Viktoria entscheiden würde. Aber Steve ließ sich von seinem Vorhaben nicht abbringen. Und jetzt kommt der Hammer. Unser Junior-Chef hat alles hingeschmissen und hat mit hochrotem Kopf die Firma verlassen. Mich würde es nicht wundern, wenn er im Büro nicht mehr auftaucht."

„Das ist ja allerhand."

„Das ist längst nicht das Ende der Geschichte."

„Ist das noch zu überbieten?"

„Das ist es. Ich war gestern Abend kurz in der Bar."

„Bei deinem Tim?", versuchte Julia sie zu necken.

„Er ist nicht mehr mein Tim. Zwischen uns ist es vorbei. Aber das ist momentan nicht das Thema. Ich habe gestern Abend dort Steve angetroffen. Tim erzählte mir, dass er einen Whisky nach dem anderen gekippt hat. Ich bin zu Steve hingegangen, um zu schauen, was los war und ob er Hilfe benötigte."

„Und dann?"

„Er schaute mich mit rotgeränderten Augen an. Sein Zustand verriet, dass er weit über das übliche Maß hinaus Alkohol konsumiert hatte. Er gestand mir, sich wie ein Idiot zu fühlen, und fragte, woher er mich kennt."

„Er konnte sich nicht daran erinnern, dich schon mal gesehen zu haben? Dann hatte er tatsächlich einen gewaltigen Blackout."

„In dem Moment, wo ich erwähnte, deine beste Freundin zu sein, bildeten sich quälende Falten auf seiner Stirn. Ich habe ihn gefragt, was passiert sei. Dann erzählte er, dass er dich und Thomas gesehen hatte. Darauf nahm er erneut einen großen Schluck aus dem Glas. Ich fragte ihn, ob er eifersüchtig wäre. Er meinte dazu, dass er alles vermasselt hätte. Meine Frage, ob er dich liebt, beantwortete er zuerst nicht. Erst allmählich gab er dann zu, was er für dich empfindet und warum er dich fallengelassen hat."

„Ach ja. Und was für eine Geschichte hat er dir aufgetischt?"

„Ich glaube nicht, dass er nur etwas erfunden hat. Es ist schade, dass du ihn nicht gesehen hast. Er war völlig am Boden. So habe ich ihn noch nie erlebt. Und wir kennen uns schon länger. Ich habe ihn dann gefragt, warum er dich so behandelt hat. Und ich verstehe sein Verhalten."

„Wie bitte?" Julia riss die Augen weit auf und sprang vom Stuhl. Brigitte hielt sie am Arm zurück.

„Sitzenbleiben! Er hat Angst, dass man dich für das Scheitern seiner Beziehung mit Viktoria schuldig macht und dich als Flittchen hinstellt. Außerdem ist ihm klar, dass die fünfzehn Jahre, die ihr auseinander seid, zusätzlichen Gesprächsstoff bieten und die Angelegenheit erschweren. Julia, bitte versteh mich nicht falsch. Du weißt, ich stehe immer hinter dir. Aber ich habe Verständnis für seine Sichtweise. Ich habe ihn direkt gefragt, ob er dich liebt. Seine Antwort war eindeutig und garantiert nicht gelogen."

Julia nahm einen tiefen Atemzug.

„Hast du ihm gesagt, was ich für ihn empfinde?"

„Ja. Er hat mich gefragt. Ich fand es sinnlos, ihn zu belügen. Er hat mir reinen Wein eingeschenkt. Es wäre unfair von mir, ihn anzulügen."

„Und sonst?"

„Ich habe ihn auf Viktoria angesprochen."

„Was hat er gesagt?" Julias Finger zogen sich zu einer Faust zusammen, während ein Anflug von Ärger in ihr hochstieg. Diese Frau hatte es schon wieder geschafft, sie zu erschüttern.

„Er hat mir verraten, dass er die Verlobung mit ihr definitiv gelöst hat."

„Echt jetzt?", fiel sie ihrer Freundin ungeduldig ins Wort und gestikulierte eindringlich.

„Lass mich bitte weiterreden. Er hatte die Absicht, sich an diesem Abend, du weißt schon, an dem wir ihn mit Viktoria in der Bar angetroffen hatten, aus dieser Verbindung lösen. Sie jedoch rannte wohl gleich zu Charles Cremaut, um sich bei ihm auszuheulen."

„Und du bist überzeugt, dass das kein Quatsch ist?"

„Wenn du mir nicht glaubst, frag Tim. Er hat die ganze Unterhaltung mitbekommen."

Julia holte tief Luft und warf ihrer Freundin einen fragenden Blick zu. „Was soll ich tun?"

„Weiter zuhören. Er hatte großes Interesse daran, herauszufinden, ob du und Thomas ein Paar seid. Ich habe ihm klargemacht, dass von deiner Seite keine Gefühle im Spiel sind, bei ihm aber schon. Sehe ich das korrekt?"

„Das entspricht der Wahrheit und du weißt genau, wer der Mensch ist, den ich liebe."

Wortlos neigte Brigitte ihr Haupt in einem bestätigenden Nicken.

„Er hat mir immer wieder gesagt, dass er ein Idiot sei. Es war so berührend, zu sehen, wie er sich gefreut hat, als ich ihm sagte, dass zwischen dir und Thomas nichts ist. Steve hatte vor, nach unserem Gespräch zu dir zu kommen. Aber ich habe es ihm ausgeredet. Sei froh, dass du ihn so nicht gesehen hast."

„Welchen Rat hast du für mich?"

Liebevoll hielt Brigitte Julias Hände und ließ ihren Blick tief in ihre Augen sinken.

„Lass dein Herz sprechen. Was sagt es dir?"

„Er ist meine große Liebe", murmelte sie. Ihre Augen füllten sich mit Tränen, die langsam und schweigend über ihre Haut flossen.

„Dann kennst du die nächsten Schritte. Sprich mit ihm. Lass hin und wieder deine Hartnäckigkeit ruhen und zeig Kompromissbereitschaft. Versprichst du mir das?"

Julia bejahte mit einem Kopfnicken.

„In Ordnung, ich halte mich daran. Ist es taktisch geschickt, den ersten Schritt zu machen?"

„Nein, dränge dich nicht auf. Sei unbesorgt, es ist nur eine Frage der Zeit, bis er auf dich zugeht. Ein wenig Geduld ist gefragt. Mir scheint, als wäre er in Wahrheit nicht so sicher im Umgang mit Frauen, wie er vorgibt zu sein."

„Was würde ich bloß ohne dich anfangen?", raunte Julia fast unhörbar „Ich bin dir unendlich dankbar." Während sie Brigitte in einer festen Umarmung hielt, erlaubte sie ihrem Kummer, in Tränen der Erleichterung überzugehen.

Endlich neigte sich die kräftezehrende Zeit ihrem Ende zu und das ersehnte Wochenende stand vor der Tür – eine wohlverdiente Auszeit nach den langen, emotionsgeladenen Trauertagen.

Julia schlenderte, nur mit ihrer Unterwäsche bekleidet

und dem Bademantel um die Schultern gelegt, ins Badezimmer, entledigte sich ihrer Kleidung und ließ sich in das angenehm temperierte, nach Lavendel duftende Wasser der Badewanne gleiten, während im Hintergrund sanfte Melodien erklangen. Genau das hatte sie jetzt gebraucht. Absolut himmlisch.

Nach einer Weile schlug sie fröstelnd die Augen auf.

Der Schlaf hatte sie unbemerkt eingeholt. Das Badewasser hatte an Wärme verloren und die Melodien waren verstummt. Rasch erhob sie sich aus dem Wasserbett, trocknete sich mit schnellen Bewegungen ab und hüllte sich in ihr Nachthemd sowie den kuscheligen Bademantel. Mit einem flinken Satz waren ihre Füße in den behaglichen Lederhausschuhen mit Schafsfell gebettet und Wärme umhüllte sie. Mit müden Schritten bewegte sie sich Richtung Küche, füllte ein Glas mit dem übrig gebliebenen Sekt von der gestrigen Mädelsrunde und ließ sich dann gemütlich auf dem Wohnzimmersofa nieder.

Dort war er wieder, ihr Lieblingsliebesfilm, flackernd auf dem Bildschirm – ein Film, bei dem ihr jedes Detail im Kopf war und der es dennoch schaffte, sie auf eine Reise voller Emotionen und Träumereien mitzunehmen. Es wirkte fast so, als ob wahre Romantik und perfekte Enden ausschließlich auf der Leinwand existierten. Zumindest hatte Julia diesen Eindruck, da von Steve noch keine Nachricht kam.

Vierzehn Tage war es her, seit sie mit ihrer Freundin über diesen Kerl gesprochen hatte.

Trotz alledem kam er nie. Weder ein Zeichen noch eine Spur von ihm. Offenbar war er doch nicht ihr Mr.

Right. Ein wehmütiger Seufzer erfüllte den Raum. So ist das Leben eben. Wenigstens für die nächsten zwei Stunden gab es für sie Liebe pur. Julia stellte die Lautstärke höher, kroch unter die wohlig weiche Kuscheldecke und nahm einen Schluck aus dem Sektglas.

In den Bann des Films gezogen, ließ das abrupte Läuten an der Wohnungstür ihre Traumwelt zerplatzen wie eine Seifenblase. Wer immer da vor der Türe stand, würde ihren Unmut zu spüren bekommen. Sie aus ihrem Film zu reißen, duldete sie gar nicht. Julia schimpfte. Ausgerechnet jetzt, wo es bei den Hauptdarstellern endlich ernst wurde.

Mist. Na ja. Sie fragte sich, ob Brigitte etwa ihren Hausschlüssel vergessen hatte. Jedenfalls wäre es bei ihrer Zerstreutheit nicht das erste Mal. Sie richtete sich auf und schlurfte in den Pantoffeln zur Tür, schloss auf und starrte mit weit aufgerissenen Augen auf die Person vor ihr.

„Ich denke, es ist an der Zeit, dass wir uns aussprechen. Erlaubst du, dass ich hereinkomme?"

Julia wich sprachlos zur Seite und ließ den Besuch eintreten. „Steve, was führt dich zu mir?"

„Ich bin hier, um über uns zu reden."

„Hattest du nicht bereits einen Schlussstrich unter unser Thema gezogen? Habe ich mich getäuscht? Deine letzten Worte klangen jedenfalls ziemlich endgültig."

Vergangene Bitterkeit kehrte zurück, prickelnd und heiß. Sie hatte keinesfalls vor, ihm die Angelegenheit zu erleichtern, selbst wenn Brigitte es sich wünschte. Nun würde auch er die Qual der Ungeduld erleben.

„Ist es möglich, ohne Streit miteinander zu reden? Ich

bitte dich, gib mir deine Aufmerksamkeit." Ein Widerspruch lag ihr auf der Zunge. „Gib mir eine Chance, Julia", verlangte Steve, sein Blick eindringlich auf sie geheftet.

Mit verschränkten Armen setzte sie sich auf die Couch.

„Ich höre."

Steve räusperte sich. Dabei versuchte er, den Blick von ihrem stückweisen entblößten Körper abzuwenden.

„Ich habe in der Vergangenheit großen Mist gebaut. Ich habe dich geliebt, fallen lassen und damit verletzt. Ich war ein riesengroßer Idiot."

„In diesem Punkt muss ich dir recht geben."

„Bitte unterbrich mich nicht! Ich begehre dich seit unserer ersten Begegnung. Schon ein Blick von Weitem löste in mir ein wohliges Verlangen aus. Unser Abenteuer an der Frühlingsparty", er setzte kurz aus und schluckte, „ich wurde noch nie von jemanden so begehrt wie von dir, Julia. Deine Leidenschaft brachte mich an diesem Abend fast um den Verstand. Ich war mir sicher, dass es wie bei den anderen Frauen nur die Lust war, die mich zu dir hinzog. Als ich dich neulich mit diesem gutaussehenden Mann in der Bar gesehen habe, traf es mich wie ein Stich ins Herz.

Wie ein Blitz löste dieser Anblick in mir tosende Eifersucht aus. Ich war außerstande, die Ideen auszublenden, die mich quälten, wenn ich mir ausmalte, was zwischen euch in dieser Nacht passiert ist. Seit jenem Moment habe ich Gewissheit, dass meine Empfindungen für dich über eine flüchtige Affäre hinausgehen. In mir sind Gefühle entstanden. Tiefe sogar. Ich liebe dich,

Julia. Ist es möglich, dass du mir noch eine Chance gibst?"

Wie erstarrt verharrte sie, unfähig zu reagieren, während sie in die Leere starrte und die Worte des Mannes in der Luft zwischen ihnen zu verblassen schienen.

„Julia, sag etwas, bitte."

Ein kalter Schauer der Angst durchfuhr sie. Die Schatten der Vergangenheit drohten sich über sie zu legen. Was, wenn er genauso war wie Holger? Verdammt! Ihre Knie zitterten.

„Was erwartest du von mir?", leicht resigniert senkte sie ihren Blick und wiegte den Kopf hin und her, „nein, Steve. Ich bin kein Dummchen, das man in eine Ecke stellt, wenn man es nicht mehr braucht. Mir ist ein Partner wichtig, der sich ausschließlich mir widmet und sich nicht mit anderen Frauen herumschlägt. Ein Mann, bei dem ich Gewissheit habe, dass ich wahrhaftig die Einzige bin. Wenn ich liebe, bin ich bereit alles zu geben. Aber bequem hat man es mit mir nicht. Für mich gibt es kein zwischendurch. Nur ein absolutes Ja."

„Ich brauche dein Vertrauen, Julia. Bitte zweifle nicht an mir und glaub, was ich sage."

Mit einem Ruck kam sie auf die Beine, „Nein, so funktioniert das nicht. Es ist besser, wenn du gehst. Lass mich in Ruhe."

Mit gesenktem Kopf stand Steve auf und nahm den Weg zur Ausgangstür. Er hielt inne und warf ihr einen letzten, bedeutungsvollen Blick zu.

„Ich werde warten. Egal wie viel Zeit du brauchst. Ich habe alles so gemeint, wie ich es dir gesagt habe. Pass auf dich auf, Julia."

Julia ließ sich erneut auf das Sofa fallen und drückte den Einschaltknopf des Fernsehers. Doch der Film erfreute sie nicht mehr. Sie knipste das Gerät aus, putzte im Bad die Zähne und kroch unter die Bettdecke. Doch der Schlaf kam nicht. Sie drehte sich von einer Seite auf die andere. Unerbittlich war der Geruch seines Rasierwassers präsent und ließ sie nicht los, genau wie die Worte, die in ihrem Kopf einen rücksichtslosen Takt schlugen.

„Er enthüllt endlich seine Gefühle, auf die ich so lange gewartet habe, doch was mache ich? Ich stoße ihn von mir. Ich habe scheinbar meinen Verstand verloren!"

Sie katapultierte sich aus den Laken und konnte sich gerade noch fangen, bevor ihre Pantoffeln sie zu Fall brachten. In Windeseile hüllte sie sich in den braunen Wollmantel, fädelte sich in die Stiefel und lief eilig zu ihrem neuen Wagen.

Kaum hatten ihre Finger die Klingel verlassen, schwang schon die Tür auf und Steve schaute ihr mit verwundertem Ausdruck entgegen.

„Was um Himmelswillen …? Julia, schnell, komm rein, du frierst ja! Erzähl, was ist los?"

„Hör auf zu fragen und küss mich", wisperte sie, während sie ihn spielerisch mit einem Zeigefinger heranwinkte.

Er lächelte und kam langsam auf sie zu und schlang seine Arme um ihre Hüfte und drückte ihren Körper fest an sich.

Der erlösende Kuss war lang und innig.

„Dann gibst du mir eine Chance?"

Mit einem spielerischen Glanz in den Augen und einem breiten Grinsen antwortete sie herausfordernd: „Nein, aber ich bediene mich an dem, was ich begehre."

Mit einem Blick, der Steve fesselte, entband sie sich sanft vom Bindegürtel ihres Mantels, und offenbarte so das zarte Nachthemd auf ihrem Körper. Er schluckte tief und war unfähig, seine Erregung zu verbergen. Mit einer leichten Bewegung hob er Julia in die Höhe und ließ sie auf dem samtigen Laken nieder.

„Deine Schönheit überwältigt mich, meine Liebste."

„Heute Nacht gehöre ich nur dir", hauchte sie und gab sich gänzlich dem Mann ihres Herzens hin. Ihr Körper lockte und warb. Steves kräftige Finger streichelten über ihre Haut. Ein zufriedenes Seufzen entschlüpfte ihr, als er ihr entgegenkam und mit einem beschleunigenden Rhythmus beide dem Gipfel ihrer Lust näherbrachte. Julia schmiegte sich zärtlich an ihren Liebsten und segelte mit einem leisen Lächeln in die Welt der Träume.

Morgenlicht

„Warum hast du dich gegen eine Heirat mit Viktoria entschieden, obwohl sie euer gemeinsames Kind erwartet?", erkundigte sich Julia am darauffolgenden Tag.

„Genau deswegen."

„Wie meinst du das?"

„Sie bekommt kein Kind von mir." Steve schaute aus dem Fenster. Seine Augen suchten den grauen Himmel ab, als könnten sie dort eine Antwort finden. „Ich war bei dem Arzttermin dabei. Viktoria war überzeugt, dass ich ahnungslos bin. Aber ich habe Verdacht geschöpft."

Julia trat näher, ihre Stirn in Sorgenfalten gelegt. „Was für einen Verdacht?"

Er drehte sich um, seine Augen jetzt fest auf Julia gerichtet. „Ich hatte das Gefühl, sie wirkte nervös und zurückhaltend. Und als der Arzt den Raum für einen Moment verlassen hat, sah ich …", er hielt inne, suchte nach der richtigen Art, die folgenden Worte zu formulieren, „ich sah eine Nachricht auf ihrem Handy. Von einem anderen Mann. Es war nicht nur irgendeine Mitteilung. Es war klar, dass er der Vater ist."

Julia setzte sich auf das weiche Sofa, ihre Hände ineinander verkeilt, als wolle sie ihrer Nervosität Halt geben. „Aber das heißt doch nicht, dass ihr keine gemeinsame Zukunft habt. Kinder haben bedeutet nicht immer, dass die Eltern miteinander verbunden sind."

„Daran liegt es nicht." Steve trat zu ihr und sank auf das Sofa. „Ich habe lange darüber nachgedacht. Wenn ich der Vater wäre … Ja, dann hätte ich zu Viktoria gestanden und mich um unser Kind gekümmert. Sogar wenn es bedeutet hätte, dass mein Herz in Stille leidet, hätte ich es dir gegenüber unzugänglich verschlossen. Doch das Baby ist nicht von mir und Viktoria … Sie hat mich belogen. Möglicherweise verstehst du mich nicht. Aber ich bin froh, dass es so gekommen ist. Mir ist klar geworden, dass meine Liebe und Sehnsucht nach dir ewig geblieben wären. Meine Gefühle für Viktoria würden niemals die Intensität erreichen, die ich für dich empfinde."

Julias Blick wurde weich, ihr Atem schien für einen Moment anzuhalten. Für Sekunden war es still im Raum. Nur das leise Ticken der alten Wanduhr war zu hören. Dann fand sie ihre Stimme wieder, flüsternd und zittrig. „Steve, es fällt mir schwer … ich bin nicht bereit, die Verantwortung zu übernehmen, dass du …"

„Julia", unterbrach Steve sie sanft, „du bist nicht der Grund für die Entscheidung. Es war mein persönlicher Entschluss, getrieben von dem Bedürfnis nach Ehrlichkeit – sowohl mir selbst als auch Viktoria gegenüber. Es wäre unfair für uns alle, in einer Lüge zu leben."

Julia nickte langsam, während sie all seine Worte aufsog und die Bedeutung jeder Silbe abwog. „Und jetzt?" Ihre Augen suchten seine, fest entschlossen, eine Antwort zu finden.

Steve nahm ihre Hand. „Lass uns langsam vorangehen und sehen, wohin der Pfad uns leitet. Es besteht kein Grund zur Eile. Wir werden in Ruhe erkunden, was all diese Gefühle zu bedeuten haben."

Eine Spur von Hoffnung zeichnete sich in ihren Zügen ab. Julias Herz versuchte, gegen die Vernunft anzukämpfen, die sie mahnte, vorsichtig zu sein. Doch gerade jetzt, da ihre Finger sich mit seinen verwebten, keimte in ihr das Gefühl, an der Schwelle zu einem echten Neuanfang zu stehen.

Mit einem Ruck wurde die Eingangstüre zur Attikawohnung aufgestoßen und ein Hauch der kühlen Abendluft wehte herein. Viktoria stand auf der Schwelle, ihr Gesicht erstarrt in einem Ausdruck, der sowohl Wut als auch Verzweiflung zeigte.

„Was ist das hier? Eine nette kleine Versammlung ohne mich?" Ihre Stimme zitterte vor Emotion.

Steve und Julia ließen einander los und Steve stand auf, stellte sich zwischen die beiden Rivalinnen. „Viktoria, das ist nicht der richtige Moment ..."

„Wann ist denn der richtige Moment, Steve?" In Viktorias Augen glänzten Tränen und ihre Worte waren messerscharf.

„Wann ist der passende Augenblick, mir zu erzählen, dass du mich niemals geliebt hast? Dass du immer noch an ihr hängst?" Sie zeigte auf Julia, die sich verlegen vom Sofa erhob.

Steve atmete tief durch und trat auf Viktoria zu. „Es macht mich traurig, dass du so leidest, aber es ist besser, wenn wir jetzt alle ehrlich zueinander sind. Lügen helfen keinem."

Viktoria schüttelte den Kopf, Tränen liefen über ihre Wangen. „Du verstehst nicht, Steve. Es ist nicht nur eine Lüge. Es ist mein Leben ... unsere Zukunft." Sie legte eine Hand auf ihren Bauch und starrte dann Julia an, ihr Blick flehend. „Ich bin mir im Klaren darüber, dass ich nicht alles richtig gemacht habe. Aber ich bin dabei, die Fehler wiedergutzumachen. Warum glaubst du mir nicht?"

Die Spannung im Raum war fast greifbar, als Steve und Julia versuchten, die richtigen Worte zu finden. Und in diesem Augenblick war klar, dass die Geschichte dieser drei Menschen längst nicht zu Ende erzählt war.

Julia betrachtete die Frau mit einem Gemisch aus Mitgefühl und Vorsicht. Sie hatte am eigenen Leib erfahren, wie es sich anfühlte, wenn das Herz in Scherben lag. Aber sie war nicht bereit, den Schmerz zu ignorieren, den Viktoria Steve zugefügt hatte.

„Es ist schwer, dass alles zu verstehen", setzte sie vorsichtig an. „Aber Ehrlichkeit ist der einzige Weg, auf dem Heilung möglich ist. Steve und ich … wir haben keine Antworten. Uns ist noch unklar, in welche Richtung sich dies entwickeln wird. Aber wir wissen, dass Unehrlichkeit uns nur weiter verletzen würde."

Steve nickte zustimmend und sah Viktoria direkt in die Augen. „Es ist nicht meine Absicht, dein Feind zu sein. Und ich werde dich nicht im Stich lassen. Aber es ist sinnlos, dir Liebe vorzuspielen, die ich nicht fühle."

Viktoria schluckte hart und sah abwechselnd von Julia zu Steve und zurück. „Ich verstehe. Vielleicht habe ich das alles verdient. Aber …" Sie zögerte und ihre Haltung veränderte sich, wurde entschlossener. „Aber ich werde mich nicht aufgeben. Ich habe die Kraft, für mein Kind da zu sein und für mich selbst zu sorgen. Ich bin mehr als nur meine Fehler."

Julias Herz sprang. Trotz all der Verwirrung und des Schmerzes bewunderte sie Viktoria für diesen Ausdruck von Stärke. Sie empfand sich mit einem Schlag klein und verschüchtert in der neuen Rolle, die das Schicksal ihr zugedacht hatte. Es war leicht, in der Theorie über richtig und falsch zu sprechen, aber hier sah sie die Realität. Eine Situation, die sie alle vor eine harte Probe stellte.

„Du hast recht, Viktoria", sagte sie bestimmt und doch mit einem herzlichen Unterton. „Wir werden dich unterstützen. Aber es muss klar sein, dass Steve und ich …" Sie sah zu Steve, der sanft ihre Hand drückte, um ihr zu signalisieren, dass sie es gemeinsam durchstehen werden.

„… dass wir herausfinden müssen, was zwischen uns ist", beendete er den Satz für sie.

Viktoria nickte, wischte sich die Tränen von den Wangen und richtete sich auf. „Danke. Das ist alles, was ich verlange. Entschuldige, Julia. Ich habe dich unfair behandelt, als ob du der Grund für all das wärst, aber das bist du nicht."

Julias Anspannung löste sich zunehmend. „Danke, Viktoria. Es bedeutet mir viel, das von dir zu hören."

Nach einem langen, schweren Schweigen drehte Viktoria sich um und öffnete die Tür. Bevor sie hinaustrat, hielt sie inne und schaute über ihre Schulter. „Vielleicht finden wir eines Tages alle unser Glück."

Als die Tür hinter ihr ins Schloss fiel, ließen sowohl Steve als auch Julia die vorgehaltene Stärke fallen. Sie sahen einander an, wissend, dass sie vor einer Reise standen, deren Ziel unbekannt war, aber mit der Gewissheit, dass sie sie gemeinsam antreten würden.

„Es wird nicht leicht", murmelte Steve und sank neben Julia auf das Sofa.

„Das Einfache ist selten das Richtige", antwortete sie und lehnte sich an seine Schulter. „Aber ich glaube, solange wir reden und ehrlich sind, werden wir jeden Sturm überstehen."

Steve legte den Arm um sie, zog sie näher und atmete tief ein. In diesem Moment war nichts gesagt, nichts entschieden, aber es war ein Anfang – ein Anfang mit Wahrheit und Mut.

Die Stille zwischen Julia und Steve war erfüllt von unausgesprochener Hoffnung und heimlicher Angst vor der Zukunft. Die alte Wanduhr tickte weiterhin beharrlich, als ob sie den Takt ihrer Herzen vorgab.

„Es ist Zeit, dass wir Klartext sprechen", nahm Julia das Gespräch wieder auf, ihren Blick nicht von Steve lassend.

„Über unsere Zukunft und die nächsten Maßnahmen."

Steve nickte ernst. „Ja, aber eins nach dem anderen. Der erste Schritt ist, dass wir allem, was geschehen ist, ins Auge sehen. Es ist unmöglich, eine gesunde Beziehung aufzubauen, wenn wir uns nicht zuerst mit den Trümmern der alten auseinandersetzen."

Julias schwerer Knoten in ihrer Brust entwirrte sich allmählich. „Du hast recht. Es ist, als ob wir vor einem großen, verschlossenen Tor stehen und uns erst die Schlüssel suchen müssen, um es zu öffnen."

Ein Lächeln umspielte Steves Lippen, als er Julias Hand fester drückte. „Dann lass uns gemeinsam suchen. Was Viktoria betrifft, ist es wichtig, dass wir eine Art von Unterstützung finden, die sowohl für sie als auch für ihr Kind eine optimale Lösung ist."

„Wir?" Julias Stimme klang leise, aber sie war trotzdem überrascht über die Bestimmtheit in dieser simplen Frage.

„Ja, wir", bestätigte Steve. „Es ist mir ein Anliegen, dass sie nicht mit dem Kind allein bleibt, selbst wenn ich nicht der leibliche Vater bin. Verantwortung hat viele Facetten. Unterstützt du mich in dieser Hinsicht?"

Julias Herz, so unbeständig und verwirrt es in den letzten Tagen war, fand in Steves Worten eine neue Stärke. „Gewiss unterstütze ich dich. Wir sind in dieser Situation zusammen und wir werden sie durchstehen."

Ein wärmendes Gefühl der partnerschaftlichen Solidarität breitete sich zwischen ihnen aus. So eng aneinandergeschmiegt, dass ihre Schultern sich berührten, strahlten sie eine solche Zuversicht aus, als seien sie unangreifbar für jede Widrigkeit, die ihnen entgegen zu fegen vermochte.

Draußen erhellte das frühe Morgenlicht langsam den dunklen Horizont und mit dem anbrechenden Tag kamen neue Herausforderungen und Möglichkeiten. Julia und Steve standen gemeinsam auf und traten ans Fenster, um dem Sonnenaufgang zuzusehen. Sie waren sich einig, dass es Zeit war, Pläne zu schmieden und Entscheidungen zu treffen.

„Wir brauchen einen Plan", sagte Julia, ihr Blick nach außen gerichtet, wo das Vogelgezwitscher die aufgehende Sonne begrüßte.

„Genau", erwiderte Steve. „Ich denke, der erste Schritt ist, dass ich mit Viktoria rede. Wir brauchen klare Vereinbarungen über ihre Schwangerschaft und die Rolle, die ich dabei spielen werde. Das Kind hat

Priorität." Julia nickte. „Ich bin für dich da, wann immer du mich brauchst. Es wird Zeit benötigen, uns zu besprechen. Aber im Moment zählt vor allem das Kind. Es darf nicht unter unseren Irrtümern leiden."

„Danke, Julia. Allein dafür, dass du hier bist und mich unterstützt, bin ich unendlich dankbar", sagte Steve, bevor er fortfuhr. „Und dann werden wir ehrlich über unsere Gefühle sprechen. Es ist nicht fair, wenn wir uns auf eine Beziehung einlassen, während so viel auf dem Spiel steht."

„Ich weiß", stimmte Julia zu, „aber wir werden es schaffen. Mit Offenheit und Mut." Ihre Hände umschlungen, als sie gemeinsam dem neuen Tag entgegensahen, der nicht nur das Ende der Nacht, sondern den Anfang dessen signalisierte, was vor ihnen lag.

Kraftvolle, warme Farben tanzten am Himmel, als ob sie die Möglichkeit eines neuen Anfangs feierten. Sie hatten beide ihr Päckchen zu tragen, doch in diesem Moment schien die Welt stillzustehen – bereit, ihnen eine Chance zu geben, alles richtigzumachen.

Das Erbe

„Aufstehen, du Siebenschläfer."

Sanft küsste Steve sie wach.

Julia schlang ihre Arme um seinen Nacken und zog ihn zärtlich an sich heran. „Hey, Träumer, willkommen im neuen Tag."

„Sag mal", nahm er das Gespräch mit einem geheimnisvollen Unterton auf, „hast du heute etwas vor?"

„Nein. Warum fragst du?"

„Ich habe eine Überraschung geplant. Dazu bin ich allerdings gezwungen, dich zu entführen."

„Oh, das klingt gefährlich. Du wirst doch nicht meinetwegen zu einem Kriminellen?", scherzte sie.

„In meinem verliebten Zustand ist alles möglich. Nein, im Ernst. Ich beabsichtige, den heutigen Tag mit dir zu verbringen, und da habe ich mir etwas ausgedacht, was dir mit Sicherheit gefallen wird."

„Okay. Ich lasse mich gerne überraschen."

„Fein. Dann hau schon ab unter die Dusche, damit wir in einer Stunde loskönnen."

Hurtig sprang sie aus dem Bett und eilte mit einem Frotteetuch ausgerüstet ins Bad. Nach einem kurzen Augenblick war sie bereit für ihren gemeinsamen Tag, auf den sie sich unendlich freute.

Ihre Neugier schien beinahe zu zerplatzen. Doch mit keinem Wort verriet Steve, wohin die Reise führte.

„Man soll nicht neugierig sein, Julia. Bald lüftet sich das Geheimnis. Ein bisschen Geduld."

„Nur ein kleiner Tipp. Ach, komm schon."

„Einverstanden. Einen winzigen Hinweis gebe ich dir." Ein schalkhaftes Lächeln lag auf seinen Lippen, während er aus dem Fenster des Linienbusses sah. „Braun."

„Was meinst du mit Braun?"

„Du hast dir einen Hinweis gewünscht. Da hast du ihn: Braun."

„Aber das ist doch kein Hinweis", protestierte sie.

„Ja, wenn dir der nicht genügt, hast du Pech und deine Chance leider vertan. Dann bleibt dir nichts anderes übrig, als dich weiter in Geduld zu üben."

Trotzig verschränkte sie die Arme. „Das ist gemein."

„Finde ich nicht. Warts nur ab. Ich bin mir sicher, dass du mir schon bald vor Freude um den Hals fallen wirst." Er drehte den Kopf erneut zur vorbeifahrenden Landschaft und pfiff vergnügt.

Der Linienbus kam bei der nächsten Haltestelle zum Stillstand.

„Auf mit dir! Wir müssen aussteigen."

Rasch entstiegen sie über die Stufen auf den Gehsteig. Julia schaute um sich.

„Wo sind wir hier?"

„Wir sind gleich am Ziel. Komm." Er griff nach ihrer Hand und führte sie sicher um die Kurve.

„Du willst mit mir in den Zoo?", verwundert starrte sie auf das Schild, das ihnen den Weg zur Kasse zeigte.

„Im weiteren Sinn, ja."

„Und deswegen machst du so ein Geheimnis daraus?"

„Liebling, ich habe nicht bestätigt, dass ich mit dir in den Zoo gehe. Oh nein, mein Schatz. Du hast hier eine Verabredung."

„Mit wem soll das sein?"

„Wirst du in Kürze erfahren. Warte hier. Beweg dich nicht von der Stelle. Ich bin gleich zurück."

Hurtig trat er an die Kasse, gestikulierte mit der Angestellten des Tierparks. Diese nickte und verschwand im Hintergrund. Steve zwinkerte Julia zu und lächelte. Noch immer hatte er diesen Schalk in seinen Augen. Nach einem kurzen Moment kam die Dame zurück, im Schlepptau einen älteren Herrn. Sie begrüßten sich mit einem Händedruck.

„Du darfst kommen, Liebes", rief Steve Julia zu, die nervös von einem Bein auf das andere hüpfte.

Schnell löste sie sich aus ihrer Verharrung und gesellte sich eifrig zum Männerduo dazu.

„Julia, das ist Herr Meienfisch. Er ist hier Tierpfleger."

„Sehr erfreut, Madame. Herzlich willkommen in unserem Tierpark." Mit einer tadellosen Verbeugung, die Julia beinahe in Gelächter versetzte, drückte er ihre Hand.

„Ich freue mich ebenfalls, Sie kennenzulernen."

„Ja, dann schlage ich vor, dass Sie mir folgen." Er schritt voran, während Julia Steve mit fragenden Blicken bombardierte.

Herr Meienfisch führte sie durch eine Türe, hinter der sich ein Gang öffnete und weitere Türen offenbarte. Nach einigen Metern blieb er stehen.

„Wir sind angekommen. Ich bitte Sie, nicht zu laut zu sprechen und sich genau an das zu halten, was ich ihnen sage. Haben Sie Fragen?"

Sie verneinten nahezu synchron mit Kopfschütteln. Der Tierpfleger öffnete vorsichtig die Türe und Julia setzte um ein Haar der Herzschlag aus. Sie hatte niemals zu träumen gewagt, eines Tages ihrem Lieblingstier gegenüberzustehen. Sprachlos sah sie Steve an.

„Woher weißt du?", flüsterte sie.

„Dass du ein großer Fan von Erdmännchen bist?", er lächelte. „Brigitte hat es mir verraten."

„Steve, du überraschst mich immer wieder."

Die Sonne brach durch die Wolken und tauchte die Erdmännchenanlage in ein warmes Licht. Die kleinen Tiere huschten geschäftig umher, ihre aufmerksamen Augen stets auf der Suche nach etwas Essbarem. Ihre pelzigen Körper waren gestreift und ihre Schnauzen spitz. Sie wirkten wie eine lebendige Mischung aus Katze und Eichhörnchen.

Ein Tier saß aufrecht auf einem Felsen, den Kopf leicht geneigt. Seine Vorderpfoten scharrten geschickt im Sand auf der Suche nach Leckerbissen. Mit einem Ruck sprang es auf und stieß einen scharfen Pfiff aus. Die anderen Erdmännchen kamen herbeigeeilt. Ihre Schwänze zuckten vor Aufregung.

Die Gruppe versammelte sich um einen der Eingänge zu ihren unterirdischen Bauten. Ein älteres Sippenmitglied stand Wache, während die anderen hineinschlüpften. Die Gänge waren eng und verworren, aber die Tiere bewegten sich mühelos darin. Manchmal tauchten sie beim nächsten Ausgang wieder auf, als hätten sie geheimnisvolle Tunnel benutzt.

Ein Junges kletterte auf den Rücken eines älteren Erdmännchens und ließ sich von ihm wärmen. Die beiden schnurrten leise miteinander, eine zärtliche Geste inmitten der geschäftigen Aktivität. Die Sonne glänzte auf ihren Fellstreifen und ihre Augen schimmerten vor Lebensfreude.

Herr Meienfisch warf eine Handvoll Mehlwürmer in die Anlage. Sofort stürzten sich die Erdmännchen darauf, ihre kleinen Pfoten flink und gierig.

Sie schnappten die Würmer und verschwanden damit in ihren Bauten, um sie zu teilen. Die Szene war ein harmonisches Zusammenspiel aus Neugier, Gemeinschaft und Überlebensinstinkt. Die Erdmännchen hatten ihre eigene Welt geschaffen, ein Labyrinth aus Gängen und Geheimnissen.

„Kommen Sie, Frau Berger. Wenn Sie keine Angst haben, dürfen Sie sich hier auf den Stein setzen und den Tieren Naschereien aus dem Kübel reichen. Aber langsam mit der Hand in seine Richtung kommen und immer das Tier im Blickkontakt behalten."

Es dauerte nicht lange, da lugte ein vorwitziges Erdmännchen um die Ecke und hob schnuppernd die Nase. Blitzschnell verschwand es wieder. Doch die Neugier ließ es offenbar nicht los. Langsam kam es erneut zum Vorschein und näherte sich vorsichtig Julias Hand. Rasch schnappte es sich den Leckerbissen und huschte in ein Erdloch. Immer mehr Tiere aus der Sippe bewegten sich auf den Stein zu und so war Julia nach kurzer Zeit von den Wüstenbewohnern umzingelt. Sie war zutiefst berührt, dass ihr größter Wunsch, den sie schon seit Kindertagen hatte, sich in diesem Augenblick erfüllte.

Eng aneinandergeschmiegt verließen sie den Zoo und setzten sich auf eine Parkbank.

„Steve, ich finde keine Worte, um dir zu danken, für

das, was du heute für mich arrangiert hast." Er drückte ihre Hand. „Hast du angenommen, das sei die ganze Überraschung?"

„Eigentlich schon."

„Ich hoffe, du bist bereit für mehr. Unser Abenteuer ist noch lange nicht zu Ende."

„Was kommt jetzt?"

„Abwarten. Ich habe noch Steigerungspotenzial nach oben."

„Du schaffst mich. Mein Gefühlsbarometer ist heute schon am Anschlag. Ich bin echt am Ende meiner Kräfte. Ob ich das noch packe, ist fraglich."

„Es bleibt dir nichts anderes übrig. So. Genug der Worte, weiter gehts." Er packte sie bei der Hand und bestieg mit ihr den Bus, der sie zu ihrem Ausgangspunkt zurückbrachte. Doch Steve wollte bei ihrer Wohnung partout nicht aussteigen.

„Wir können sitzen bleiben."

„Du sprichst heute in Rätseln."

Zwei Stationen weiter bedeutete ihr Steve, dass es Zeit war, das Fahrzeug zu verlassen.

„So, mein Schatz", begann er mit lang gezogener Silbenbetonung. „Ich werde dir ab hier die Augen verbinden."

„Was kommt jetzt?"

„Fehlanzeige, wenn du glaubst, dass du wieder einen Hinweis erhältst. Du hast deinen Bonus bereits verspielt. Dreh dich um. Jetzt werden die Augen verbunden."

Mit einem Seufzer ließ Julia das Prozedere über sich ergehen. Er griff nach ihrer Hand und lief langsam,

Schritt für Schritt, mit ihr durch die Gassen. Sie hatte die Orientierung komplett verloren.

„Wo sind wir?"

„Noch immer in Genf."

„War ja klar, dass du so etwas zur Antwort gibst."

„Achtung, Schatz. Bleib hier stehen. Ich nehme dir jetzt das Band ab. Aber du versprichst mir, dass du die Augen geschlossen hältst, bis ich dir sage, dass du sie öffnen kannst."

„Ich verspreche es."

Er löste die Augenbinde.

„Du darfst die Augen langsam öffnen."

Julia blinzelte, denn die Sonne schien ihr direkt ins Gesicht. Sie sah Steve vor sich. Im Hintergrund die Konditorei Pierrot.

„Was hast du vor?"

Mit einer sanft schimmernden Schmuckschatulle sank er vor ihr auf die Knie und schaute ihr erwartungsvoll in die Augen. Mit zitternden Händen und einem Herzen, das vor Aufregung pochte, hauchte er die Worte, „Julia Berger, du bist die Liebe meines Lebens. Mit dir bin ich am Ziel meiner Suche und meiner Träume. Bist du bereit, diesen Weg mit mir weiter zu bestreiten als meine Frau?"

Julia sah ihn an. Ihre Augen glänzten feucht, als sie hauchte: „Ja, Steve. Von ganzem Herzen ja. Meine Gefühle für dich sind jenseits aller Worte. Ein Band für die Unendlichkeit."

Sanft schob er den glänzenden Ring auf ihren Finger und schloss sie in seine Arme. Küsse, gefüllt mit purer Leidenschaft, verteilten sich liebevoll über ihren Nacken und Hals. Julia löste sich vorsichtig aus seiner Umarmung. „Erklärst du mir, weshalb du mich ausgerechnet zum Pierrot geführt hast?"

„Ja, mein Liebling. Das verrate ich dir." Er räusperte sich.

„Komm, setzen wir uns auf die Treppe." Er schlang seinen Arm um ihre Schultern und zog sie fest an sich, während ihre Hand unaufhörlich wohlbehütet in seiner lag. „Die Konditorei, liebe Julia, hat den Besitzer gewechselt." Erschrocken riss sie sich aus seiner Umarmung. Obwohl sie wusste, dass dieser Tag kommen würde, erschütterte sie diese Tatsache doch stärker, als sie erhofft hatte. Tränen füllten ihre Augen.

„Woher weißt du das?"

„Ich habe es vom neuen Besitzer persönlich erfahren."

„Und wer ist es? Kenne ich ihn? Sicher so ein Geld-Hai, der das Haus abreißen wird, um einen Glasklotz aus dem Boden zu stampfen."

„Das glaube ich nicht. Soviel mir zu Ohren gekommen ist, plant er, die Konditorei und das Café unter dem Namen Pierrot weiterzuführen."

„Auch das noch. So ein unverschämter Kerl! Sogar den Namen klaut er. Doch das lasse ich nicht zu. Das hätte Fleur nicht gewollt. Die Konditorei war ihr Lebenswerk und nicht das dieses Heinis."

„Bist du nicht neugierig auf die Person, die den Betrieb weiterführen wird?"

„Auf keinen Fall", brummte sie mürrisch, „ich habe nicht die geringste Lust, dem Burschen jemals über den Weg zu laufen. Er kann mir gestohlen bleiben."

„Ich bestehe aber darauf, dass du weißt, wer der Besitzer ist."

„Dann sag schon. Lass uns das Thema schnell erledigen."

„Es gehört mir."

Ein verwirrtes Lächeln umspielte ihre Lippen. „Ist das ein Scherz?"

Steve lächelte und griff in seine Jackentasche. Er beförderte vorsichtig einen Gegenstand ans Tageslicht.

„Ich nehme an, du kennst diesen Schlüssel."

„Das ist der Schlüssel der Konditorei."

„Genau. Und was denkst du, weshalb ich ihn bei mir trage?"

„Keine Ahnung? Vielleicht hat ihn dieser Heini verloren?"

„Nein. Dieser Heini hat ihn nicht verloren. Dieser Heini bin ich. Wie ich vorhin gesagt habe. Das Haus hinter dir gehört seit gestern mir."

„Wieso das? Hast du es gekauft?"

„Nein."

„Was dann?"

„Ich habe es von Fleur geerbt."

„Wie bitte? Das glaub ich nicht. Du versuchst, mich zu veräppeln." Julia registrierte, wie Wut in ihr aufstieg und war im Begriff wegzulaufen.

Doch Steve hielt sie an der Kapuze ihrer Jacke fest. „Halt! Hiergeblieben. Setz dich wieder." Er wartete kurz und fuhr dann mit seiner Ausführung weiter. „Ich habe das Haus von Fleur geerbt. Das ist die Wahrheit."

„Und wie kommt es dazu?"

„Fleur hat ein Testament geschrieben, in dem sie mich

als Alleinerben einsetzte."

„Aber ihr kanntet euch doch nur flüchtig."

„Ja. Da hast du recht. Allerdings verband uns weitaus mehr, als du denkst."

Gebannt hing sie an seinen Lippen.

„Ich bin Fleurs leiblicher Sohn."

„Wie bitte?", fragte sie nach Luft schnappend.

„Fleur war meine Mutter."

„Wie kommst du darauf? Du heißt doch Cremaut?"

„Ja, ich wurde als Baby von Charles und Catherine Cremaut adoptiert."

„Seit wann weißt du das?"

„Du hast mir doch neulich das Bild gezeigt. Du weißt schon, das mit dem Baby. Als ich die Fotografie sah, war mir klar, dass ich das gleiche Bild schon einmal bei uns zu Hause gesehen habe. Catherine hatte es mir einmal gezeigt, mir aber damals nichts von einer Adoption erzählt. Sie hatte mir nur gesagt, dass ich das sei als Baby. Als du mir dann den Brief vorgelesen hast, zählte ich anhand der Angaben eins und eins zusammen und habe angefangen, Nachforschungen zu betreiben. Kurz darauf kam dann ein Brief vom Erbschaftsamt und der Mitteilung, dass ich durch das Testament der Erbe bin."

„Und was haben deine Eltern … ich meine Charles und Catherine dazu gesagt?"

„Sie waren völlig perplex. Sie hatten keine Ahnung, dass Fleur meine leibliche Mutter war. Das Adoptionsamt hatte damals den Namen von der Kindsmutter nicht bekanntgegeben."

„Das muss für sie eine ziemliche Überraschung gewesen sein."

„Vor allem für Catherine"

„Und für Charles?"

„Wir gerieten in einen schrecklichen Streit, der sich wie eine Spirale immer weiterdrehte, bis er mit mir gebrochen hat. Er hatte kein Verständnis dafür, dass ich sie mit diesem Thema konfrontierte."

„Dann kehrst du definitiv nicht mehr in die Druckerei zurück?"

„Ja, das stimmt."

„Brigitte hatte so etwas angedeutet."

Ein Moment der Stille umhüllte sie.

„Was hast du jetzt vor? Wirst du dich deinem leiblichen Vater offenbaren? Die Anzeichen deuten stark darauf hin, dass Anton der Erzeuger ist."

„Mit diesem Gedanken habe ich tatsächlich schon gespielt."

„Wenn du es wünschst, begleite ich dich. Meiner Meinung nach wäre es angemessen, wenn er Fleurs Abschiedsbrief bekommt."

„Du hast recht."

„Und wie geht es mit uns beiden beruflich weiter?"

„Wie du längst festgestellt hast, bist nicht nur du arbeitslos, sondern ich auch." Er lächelte und zog Julia erneut in seine Arme.

„Und weiter?"

„Wir beziehen zusammen die Wohnung, in der Fleur lebte, und erwecken die Konditorei gemeinsam zu neuem Leben. Wie findest du meinen Plan?"

„Steve, mir fehlen ehrlich gesagt die Worte dafür. Ich bin überwältigt von dieser Tatsache, die wie eine Welle voller Emotionen auf mich hereinprasselt." In ihr sprühte ein Feuerwerk der Glückseligkeit. Das Herz schlug schneller, die Augen leuchteten und die Welt erschien ihr in leuchtenden Farben.

Es war, als ob die Seele vor Freude tanzte und die Emotionen nicht mehr in Worte zu fassen waren.

„Sag jetzt nichts. Nur so viel, dass du meine Frau wirst. Das ist mir das größte Glück in meinem Leben. Unser beruflicher Erfolg wird sich nach und nach einstellen. Gemeinsam und mit deinem Talent als Patissière werden wir großes erschaffen und Fleurs Traum weiter am Leben erhalten."

Epilog

Die Zeit war in den letzten fünf Jahren geradezu an Julia vorbeigeflogen. Sie lehnte sich an den Fensterrahmen und ließ ihren Blick aus dem Fenster der Backstube schweifen. Ihr Lächeln widerspiegelte das tiefe Glücksgefühl. Es kam ihr beinahe unwirklich vor, wie sich ihr Lebensweg gewendet hatte. Julias Herz war erfüllt von Dankbarkeit.

Dankbarkeit dafür, dass sie nicht nur die Konditorei und das Café Pierrot führte, sondern auch Ehefrau von Steve und Mutter ihrer bezaubernden Kinder, Fleur und Leo, war. Ihr Leben war genauso, wie sie es sich immer erträumt hatte.

Sie wandte sich ab und beobachtete Steve, der behutsam einen frisch gebackenen Apfelkuchen aus dem Ofen zog. In ihren kühnsten Träumen hätte sie sich keinen passenderen Seelenverwandten ausmalen können. An ihrer Seite hatte sie einen Mann, der nicht nur ihr Vorhaben mittrug, sondern auch im Duft von frischem Gebäck seine Erfüllung fand. Steve übernahm seine Vaterrolle mit einer Leidenschaft, die jedes Elternherz höherschlagen ließ. Er vertiefte sich in Spielnachmittage, zauberte Abenteuergeschichten herbei und lehrte den Kleinen geduldig das Fahrradfahren.

Julia trat neben ihn und drückte ihm sanft ihre Lippen auf die Wange. „Es ist bewundernswert, was du alles leistest. Hast du eine Ahnung, wie kostbar das für mich ist?"

Ein warmes Lächeln umspielte seinen Mund. Zärtlich

schloss er seine Frau in die Arme. „Ich gebe nur zurück, was du mir gibst. Du hebst dich von allen Frauen ab, denen ich je begegnet bin."

Das ausgelassene Lachen der Kinder drang vom Nebenzimmer in die Backstube. Mit einem zärtlichen Blick griff Steve nach Julias Hand. Gemeinsam folgten sie den Stimmen. Während Fleur ihren vierten Geburtstag feierte und Leo in die Welt der Zweijährigen eintauchte, trugen beide das Erbe von Steves blauen Augen. In ihren Gesichtern spiegelte sich das Wunderwerk einer unermesslichen Liebe.

Lachend gesellten sich die Eltern auf den Teppich zu ihren Kindern und tauchten in ihre eigene Welt aus Spiel und Spaß ein. Unendliches Glück erfüllte ihr Leben als Familie und die Konditorei am Ende der Straße bildete das Herzstück ihres unbeschwerten Zuhauses.

Als der Herbstwind leise durch die Straßen von Genf wehte, brachte er eine Veränderung, die Julia in ihren tiefsten Träumen nicht erwartet hätte.

Eines Morgens, als sie die Konditorei öffnete, lag ein Brief ohne Absender vor der Ladentüre. Sie hob ihn auf und betrachtete ihn von allen Seiten. Doch sie konnte keinen Hinweis auf die Herkunft finden. Sie riss den Umschlag auf und zog die Karte heraus. Es war eine Einladung zu einem exklusiven Patissier-Wettbewerb in Paris.

Eine Gelegenheit, wie man sie nur einmal im Leben bekommt. Im selben Augenblick realisierte sie, dass die Einladung nicht nur eine Chance war, ihre Fähigkeiten unter Beweis zu stellen, sondern, die Konditorei auf die internationale Bühne zu bringen. Doch war sie dafür gut genug? Hatte sie das nötige Wissen für diese große Herausforderung?

Auf jeden Fall wollte sie die Entscheidung über eine Teilnahme nicht allein entscheiden. Gleich am Abend wollte sie ihren Mann von dem Vorhaben unterrichten.

„Das ist ganz großes Kino, was du da vorhast", gab Steve zu bedenken und knabberte dabei nachdenklich an seiner Unterlippe.

„Glaubst du, es ist eine Nummer zu groß für mich?", fragte Julia. Ihre anfängliche Euphorie schwappte allmählich in Unsicherheit über.

„Ich zweifle nicht daran, dass du nicht über das nötige Know-how verfügst."

„Aber?"

„Ich frage mich nur, ob dir das alles nicht zu viel wird. Bedenke, wir haben hier die Konditorei und das Café zu stemmen und unsere Kinder nehmen ebenfalls Zeit in Anspruch."

„Womöglich hast du recht. Ich sollte nicht daran teilnehmen", gab Julia zu und sah das Thema für sich als beendet.

Doch es war Steve, der nach einer Weile das Thema wieder aufgriff. „Andererseits finde ich es schade, wenn du dich der Konkurrenz nicht stellst. Schließlich bist du auf deinem Gebiet unschlagbar. Ich kann mir gut vorstellen, dass du reelle Chancen hast, den Wettbewerb für dich zu entscheiden."

„Glaubst du das ernsthaft?"

„Durchaus, mein Schatz."

„Und die Arbeit hier? Die Kinder?"

„Dafür gibt es bestimmt eine Lösung. Vielleicht würde es Catherine Freude bereiten, dich bei den Kindern zu unterstützen?"

„Wie wäre es", gab Julia ihre Überlegung ein, „wenn ich Thomas mit ins Boot hole? Er kennt die Konditorei seit Jahren und wäre womöglich bereit, die Backstube während meiner Abwesenheit zu übernehmen."

Steve schmunzelte. „So, wie ich ihn kenne, wird er dir diesen Wunsch mit Handkuss erfüllen. Mir scheint, als ob er immer noch Gefühle für dich hat."

„Ach, Unsinn. Was du wieder denkst. Er ist mit Brigitte zusammen und für mich machen sie den Anschein einer glücklichen Beziehung."

„Hoffentlich."

„Wieso, hoffentlich?"

„Weil er sonst womöglich auf die Idee kommt, dich mir wegzunehmen. Glaube mir, das würde den Tiger in mir wecken."

Julia lachte hell auf. „Okay, du Tiger. Dann schreibe dir schnell hinter deine Ohren, dass ich, als dein Tigerweibchen, sehr, sehr glücklich bin."

„Ehrlich?", fragte er gespielt ahnungslos.

„Ja, du Quatschkopf. Ganz ehrlich." Julia schmiegte sich fest an seine Brust und drückte ihm einen festen Kuss auf die Lippen. „Ich liebe dich mit jeder Faser meines Körpers. Jetzt und für immer."

Mit der Unterstützung ihrer Familie und Freunden bereitete sich Julia auf die neue Herausforderung vor. Tagelang experimentierte sie mit neuen Rezepten, verfeinerte ihre Techniken und ließ ihre Kreativität frei fließen.

Der Tag des Wettbewerbs rückte näher und die Aufregung, die in der Luft lag, schien beinahe greifbar. Julia war dankbar, dass sich Steve entschieden hatte, sie mit den Kindern zu begleiten. Was als belangloser Morgen im Pierrot anfing, entpuppte sich als Auftakt eines Abenteuers, das Julias Leben und das ihrer Liebsten für immer zu verändern vermochte.

Der TGV glitt mit einem leisen Summen auf den Gare de Lyon zu. Die gewaltigen Hallen des Bahnhofs wirkten imposant und lebendig. Er war ein Knotenpunkt voller Energie und Geschichten, die sich in den Gleisen sammelten.

Julia stieg, zusammen mit Steve und den beiden Kindern, aus dem Zug. Der Duft von Metall und Bahnhofsluft stieg ihr in die Nase. Es war eine Mischung aus Öl und unterschiedlichen Kaffeearomen, die von den einzelnen Kiosken und Cafés hereinwehten. Ein Hauch des kühlen Herbstes lag in der Luft. Die Sonne malte goldene Muster aus Licht und Schatten auf die überquellende Menschenmenge. Stimmengewirr aus den unterschiedlichsten Sprachen füllten die Luft und verwebten sie zu einem lebhaften Klangteppich. Ratternde Kofferrollen verkündeten wie durchgewirbelte Echos, die Abreise und Ankunft, die von den hohen Decken reflektiert wurden.

In den Schalterhallen standen Menschenschlangen, die geduldig auf ihre Fahrscheine warteten. Draußen summten schwarze Taxis wie hastige Bienen, die bereit waren, Menschen kreuz und quer durch die lebhafte Stadt zu bringen. Ein Straßenmusiker erhellte die Stimmung mit gedeckten, aber fröhlichen Melodien seiner Akkordeonmusik. Es war, als ob seine Töne die Zeit in kleine tanzende Mosaiksteinchen zerlegte und jedem seine eigene Melodie als Souvenir des Moments mit auf den Weg gab.

Laternen warfen warme Lichtkegel in die aufkommende Dämmerung. Mit einem tiefen Atemzug nahm Julia den Trubel dieser lebenslustigen Szenerie in sich auf. Magie lag in der Luft, wie eine unsichtbare Verbindung zwischen den Emsigkeiten und den Augenblicken der Ruhe, die sich durch jede Interaktion, jedes Lächeln und jede Begrüßung wob. Der Lärm des abfahrenden Zuges wurde langsam leiser und hinterließ eine sanfte Melancholie mit einer fesselnden Einladung, diesem ständigen Fluss der Bewegung beizuwohnen.

Der Wettbewerb fand in der Pariser Staatsoper statt. Das Foyer eröffnete sich Julia und ihrer Familie in all seiner prächtigen Eleganz. Die Halle war groß und majestätisch. Ein wahrhaftiges Fest der Sinne. Über ihnen schmückten kristallene Kronleuchter die Decke, die wie filigrane Sterne funkelten und weiches, goldenes Licht über den Raum verteilten.

Die Decke selbst war eine Sinfonie aus prunkvoll verzierten Fresken, die Szenen aus der Oper und der Mythologie darstellten. Der Boden war aus poliertem Marmor, dessen glänzende Oberfläche die Schritte der vorbeigehenden Gäste widerzuspiegeln schien. Weiche, rote Teppiche führten wie elegante Adern durch das Foyer und luden die Gäste ein, die königliche Atmosphäre des Raumes zu durchschreiten. Gegen die Wände lehnten sich hohe Säulen, die mit feinen Details und Verzierungen, ein Tribut an die Architektur des 19. Jahrhunderts, zollten.

An den Wänden selbst hingen opulente Spiegel, deren Rahmen mit Blattgold verziert waren, die das Licht reflektierten und den Raum noch heller erscheinen ließen. Der Duft von frischen Blumenarrangements mischte sich mit dem feinen Parfum der Gäste und schuf eine berauschende Mischung aus Aromen. Menschen in eleganter Abendrobe flanierten durch das Foyer. Ihre Gespräche waren ein melodisches Murmeln, das auf den Wellen des orchestrierten Raschelns der Seide und des sanften Klackens der Absätze tanzte.

Julia konnte die Aufregung und die Vorfreude der Anwesenden auf die Wettbewerbspräsentation in der Luft spüren. Die elektrisierende Atmosphäre war eine Mischung aus Anmut, Geschichte und künstlerischem Streben.

Die riesigen Flügeltüren zum Saal waren geöffnet und boten Einblicke in den beeindruckenden Zuschauerraum und luden die Interessierten ein, ein Teil eines außergewöhnlichen Ereignisses zu werden. Namhafte Kritiker und Fachleute der feinen Backkunst aus ganz Europa waren zusammengekommen, um das Talent und die Kreativität der besten Patissiers zu feiern.

Julia spürte, dass sie am Rande eines Abenteuers stand, das ihr Können vor eine Prüfung stellte, dass sie so noch nie zu bestehen hatte. Doch trotz des enormen Drucks blieb sie standhaft. Ihre Leidenschaft und Hingabe zu ihrem Handwerk strahlten in jedem ihrer Werke. Ihre Backwerke waren ein wahres Fest der Sinne.

Sie entschied sich, anstelle einer Torte, für einzelne Kreationen.

Die zartbunten Macarons de Paris waren außen

knusprig und innen herrlich weich. Jeder Bissen war eine Mischung aus gezuckerter Mandelbasis und einer Füllung, die von fruchtigen bis hin zu cremigen Geschmacksrichtungen reichte. Butterig und herrlich blättrig präsentierten sich die Croissants au beurre. Sie waren goldbraun und auf den Punkt gebacken mit einer verführerisch knusprigen Oberfläche und zart schmelzenden, luftigen Lagen im Herzen des Konfekts.

Die Eclairs au Chocolat zauberte sie als lange, zarte Gebäckstücke, gefüllt mit einer reichhaltigen Schokoladencreme und überzogen mit einem glänzenden Schokoladenguss. Sie wirkten in ihrer Einfachheit von dezenter Eleganz. Eine perfekt ausbalancierte Zitronentorte mit einer knusprigen Kruste und einer glatten, säuerlichen Zitronenfüllung war mit einem Hauch von luftigem Baiser gekrönt. Ein meisterhaft geschichtetes Werk, bestehend aus feinen Joconde-Biskuitlagen, durchzogen von reichhaltiger Kaffeebuttercreme und überzogen mit einer glatten Schokoladenganache rundete als Gâteau Opera ihre Kreationen ab.

Diese Backwerke waren nicht nur ein Genuss für den Gaumen, sondern ein visuelles Kunstwerk, das Julias Begeisterung zu ihrem Beruf und ihr exzellentes Talent widerspiegelte.

In der Stunde der Entscheidung stand Julia mit zitternden Händen vor der Jury. Der Chefjuror hielt eine Laudatio auf die Teilnehmer und würdigte die Vertreter der Berufsvereinigung. Als der Chefjuror zu sprechen begann, erfasste eine gespannte Stille den Saal. Die leisen, gedämpften Gespräche der Zuschauenden verstummten und alle Augen richteten sich auf die Bühne.

Der Chefjuror, ein erfahrener Patissier mit einem stolzen Werdegang, hatte eine würdige Stimme, die den Raum erfüllte, als er die hohen Standards des Wettbewerbs und die außergewöhnliche Qualität der gezeigten Werke lobte.

Mit jeder gewählten Ausdrucksweise hob er die Talente der einzelnen Teilnehmenden hervor, berichtete von den Herausforderungen, die ein solch prestigeträchtiges Event mit sich bringt, und betonte, wie schwer es der Jury gefallen war, die herausragenden Werke zu bewerten. Seine Lobesworte waren warmherzig und aufrichtig und ließen bei den Anwesenden ein Gefühl von Anerkennung und Stolz aufkommen.

Nach dieser bewegenden Rede wurde der erste Preis präsentiert. Die Spannung im Saal war förmlich greifbar und Julia hielt unwillkürlich den Atem an. Die Liste der Nominierten erschien auf einem großen Bildschirm mit aufsteigender Musik untermalt, während der Chefjuror die Vorzüge der grandiosesten Werke noch einmal durchging. Dann kam der Moment, auf den alle hingefiebert hatten. Der Chefjuror zog feierlich das vorbereitete, edel gestaltete Kuvert aus seiner Tasche. Das Rascheln des Papiers, als er den Umschlag öffnete, war fast hörbar.

„Und der Gewinner des diesjährigen Patissierwettbewerbs ist", begann er, ließ einen kleinen, spannungsgeladenen Moment verstreichen, in dem die Luft stillzustehen schien, „Julia Cremaut aus der Konditorei Pierrot in Genf!"

Ein Augenblick des ungläubigen Schweigens folgte, bevor der Applaus wie eine stürmische Welle durch das

Auditorium brandete. Julias Herz setzte für einen Schlag aus und in der nächsten Sekunde fand sie sich selbst überrascht von einem Ausbruch tiefer Emotionen. Stolz und Freude übermannten ihre Unsicherheiten.

Mit rasendem Herzen trat sie vor die Menge, während Steve, Fleur und Leo von den Zuschauerrängen aus ihrer unübersehbaren Unterstützung durch Winken und Jubel kundtaten. Die Bühne war nun in ein warmes Licht getaucht, das ihren Weg freundlich ausleuchtete. Als sie die Treppen hinaufging, fühlte sich ihre Umgebung synchronisiert mit ihrem eigenen Puls, als ob die Welt drumherum zu einem homogenen Takt vereint worden wäre. Der Chefjuror überreichte ihr eine goldene Trophäe, die im gleißenden Licht glänzte, und gratulierte ihr aufrichtig zu ihrer herausragenden Leistung.

Julia nahm den Preis entgegen, hielt ihn fest an sich gedrückt und wandte sich lächelnd dem Publikum zu. Sie hatte sich einen Moment Zeit gelassen, um ihre Dankesrede zu sammeln. Dann sprach sie Worte, die tief aus ihrem Herzen kamen, richtete sie an ihre Familie, Freunde und all diejenigen, die sie in ihrer Leidenschaft unterstützten. Ihre Stimme war fest, dennoch durchzogen von den tiefen Gefühlen der Dankbarkeit und Erleichterung.

Die Preisverleihung endete mit stehenden Ovationen und einem Gefühl der Verbindung, das alle Anwesenden umschlossen hielt. Die Namen der großartigen Meister der Backkunst, die gewürdigt wurden, hallten noch lange in den Köpfen der Menschen nach, ebenso wie der Eindruck, dass Julia Cremaut ein weiteres Kapitel der unbesungenen Heldinnen der Konditoreikunst geschrieben hatte. Nach der offiziellen Zeremonie füllte sich der Raum mit herzlichen Begegnungen, Glückwünschen und der Hoffnung auf neue Abenteuer, die der nächste Morgen mit sich bringen würde. Als ihre Liebsten sie im Arm hielten, erkannte sie tief in ihrem Innersten, dass jeder Tropfen Schweiß und jede schlaflose Nacht ihren Zweck erfüllt hatten.

Bereits nach kurzer Zeit florierte die Konditorei mehr denn je und ihre Siegerkreation wurde zur neuen Spezialität des Hauses. Nach langer, distanzierter Beziehung ernannte sie Charles Cremaut wieder zur Hauptlieferantin für das Catering in der Druckerei. Julia hatte nicht nur einen internationalen Titel gewonnen, sondern auch die Herzen ihrer Gemeinschaft.

„Deine Geschichte ist ein Beweis dafür, dass es möglich ist, Träume mit Entschlossenheit und Unterstützung wahr werden zu lassen."

Mit einem warmen Lächeln wandte sich Julia ihrer Freundin zu. „Glaube mir, Brigitte. Du, Thomas und das kleine Wunder in deinem Bauch – ihr habt die Kraft, eure Wunschträume in die Realität umzusetzen. Mein ganzes Glück wünsche ich euch dafür."

Im Einklang mit ihrem Leben sahen Julia, Steve, Fleur und Leo, wie die Konditorei zu einem Treffpunkt der Hoffnung wurde. Eine Inspiration für alle, die den Schritt wagten, ihrer inneren Stimme zu folgen.